감사나눔의 창안자 김용환 대표

# 감사나눔의 향기

손병두 외 42명 지음

# 감사나눔의 향기

**초판 1쇄 발행** 2024년 7월 11일

지 은 이  손병두 외 42명
발 행 인  권선복
편    집  한영미
디 자 인  서보미
전 자 책  서보미
발 행 처  도서출판 행복에너지
출판등록  제315-2011-000035호
주    소  (07679) 서울특별시 강서구 화곡로 232
전    화  0505-613-6133
팩    스  0303-0799-1560
홈페이지  www.happybook.or.kr
이 메 일  ksbdata@daum.net

값  17,000원
ISBN  979-11-93607-37-4  (03810)

Copyright ⓒ 손병두 외 42명, 2024

# 감사
# 나눔의
# 향기

손병두 외 42명 지음

# '감사나눔의 향기'를 발간하며

감사나눔의 창시자로서 김용환 대표님의 숭고한 삶과 업적을 기리는 『감사나눔의 향기』를 발간하게 되었습니다. 책자를 발간하는 과정에서 김용환 대표님의 따뜻한 미소와 끊임없는 헌신을 떠올리며, 그분의 뜻을 이어 가기로 다짐했습니다. 저는 43명이 쓰신 글을 찬찬히 읽으며 감사나눔을 이 땅에 탄생시킨 김용환 대표님이 아래와 같은 감사나눔의 향기를 남기신 것을 발견하게 되었습니다.

김용환 대표님은 14년 동안 '감사나눔신문'을 발행하며 우리 사회에 '감사나눔Thanks Sharing운동'을 확산시키는 데 헌신하셨습니다. 그분은 나부터, 작은 것부터, 지금부터 실행하는 '나작지' 감사가 모여 세상을 변화시킬 수 있다는 믿음을 가지고 계셨으며, 감사나눔신문을 통해 사람들에게 감사와 나눔의 중요성을 일깨워주셨습니다.

또한, 그분의 헌신적인 노력 덕분에 '감사나눔운동'은 전국으로 확산되었고, 수많은 사람들이 서로를 향한 감사와 나눔의 실천을 통해 더욱 따뜻하고 아름다운 세상을 만들어가고 있습니다.

그리고 김 대표님은 우리 모두에게 훌륭한 스승이자 멘토였습니다. 그분은 둘째 아들의 아픔 속에서도 희망을 잃지 않고, 끊임없이 노력하며 주변 사람들에게 긍정적인 영향력을 주셨습니다. 또한, 누구보다 따뜻하고 배려심 넘치는 분이셨습니다.

이러한 김용환 대표님은 이제 우리 곁을 떠나셨지만, 그분의 숭고한 뜻과 따뜻한 마음은 영원히 우리와 함께할 것입니다. 우리는 김용환 대표님의 뜻을 이어 감사나눔운동을 더욱 확산시키고, 감사와 나눔을 실천하며 더욱 따뜻하고 아름다운 세상을 만들어나가야 합니다.

끝으로 바쁜 일상 속에서 시간을 할애하여 원고를 집필해주신 분들과 추모집 발간을 격려하고 지원해주신 임대기 회장님, 김시래 대표님, 편집을 위하여 수고해주신 양병무 원장님 그리고 선뜻 출판을 맡아 주신 도서출판 행복에너지의 권선복 사장님께도 깊은 감사를 드립니다.

김용환 대표님, 대표님의 숭고한 삶과 뜻을 기억하고 감사나눔의 맥을 이어가며 영원히 기억하겠습니다.

2024년 7월
감사나눔연구원 이사장 제갈정웅

# CONTENTS

제2장

# 회원 및 후원

# CONTENTS

제1장

—

# 자문위원

# 김용환
## 감사나눔신문 대표를
# 그리워하며

**손병두**

이승만대통령기념관 건축위원장
대한민국역사와미래재단 상임고문
전 호암재단 이사장
제12대 서강대학교 총장
전 KBS 이사장

우리의 1인당 국민소득이 3만 불을 넘어 이웃 일본을 능가했다고 한다. 그럼에도 우리는 행복하다고 생각하는가. 행복지수는 OECD 국가 중 꼴지다. 젊은이들은 '헬조선' 하면서 우리나라를 지옥으로 비유하며 비아냥거린다.

우리나라가 서로 불신하고 욕하며 따뜻함이 사라진 지 오래다. 이럴 때 이를 걱정하여 행동에 나선 삼총사를 만났다. 그분들은 손욱 회장, 제갈정웅 이사장, 김용환 대표이다. 손욱 회장과 제갈정웅 이사장은 서로 생각을 소통하며 우리 사회를 걱정하는 동지적 관계다. 그래서 이분들은 오래전부터 알고 지냈으나 김용환 대표는 이분들의 소개로 알게 된 분이다. 벌써 10년쯤 되지 않았을까. 몸집은 자그마하나 작은 고추가 맵다고 신념에 가득 찬 이 시대의 의인을 만나게 되었다. 지금도 김 대표가 전화해서 "회장님~" 하는 소리가 귀에 쟁쟁하게 들리는 것 같다. 이렇게 전화를 시작하면 그분의 설득에 아무리 바빠도 그분이 가자고 하는 곳에 가야 했다. 멀리는 삼성중공업 서병수 반장, 문형진 반장 집에도 갔다. 나는 김 대표의 '5 감사 나누기', '감사편지 쓰기'가 어떤 기적을 일으켰는지 현장에서 직접 목도하고 놀라움을 금치 못했다. 그분을 따라 교도소로, 학교로, 법무부로, 군부대로, 기업으로 기적의 현장을 확인하러 다녔다. 김 대표는 기적을 일으키는 사나이, 오늘날의 바오로(바울) 사도 같은 분이 아닌가.

따뜻함과 자상함을 가지고 남을 먼저 배려하는 삶을 살았다. 자기 건강보다 내 건강을 더 챙겨주었다. 특별한 소금을 준비해서 소금물 가글을 하면 코로나가 예방된다, 소금 칫솔을 해라, 침 맞으러 여의도 사무실로 나와라 등등 이렇게 한 사람 한 사람에게 사랑을 베풀던 분이다. 그런데 본인은 건강을 챙기지 않고 그렇게 살신성인을 했던가.

여의도 사무실에서 감사위원회 분들과 협력관계를 위해 간담회가 있다고 하여 나갔더니 몸이 몰라보게 수척해 있었다.

어찌 된 일이냐고 했더니 건강을 위해 단식을 했다고 했다. 아니 그 몸에 영양 보충을 위해 식사를 더 많이 해야 할 처지인데 단식을 하다니. 나는 놀라지 않을 수 없었다.

김 대표가 어떤 지병이 있었는지 나는 몰랐다. 갑작스런 부음 소식을 들었다. 나는 허망했다. 이 세상을 감사나눔으로 사랑이 가득 찬 따뜻한 사회로 만들기 위해 불철주야 뛰어다니던 사랑의 전도사가 그 꿈을 다 이루지 못한 채 우리 곁을 떠났다. 벌써 그분이 우리 곁을 떠난 지 1년이 됐다. 아쉽고 슬픈 마음을 어떻게 헤아릴 수 있을까.

이제 그가 이루려는 꿈은 우리의 몫이 되었다. 우리가 잘 이루어서 천국에서 빙그레 웃게 해주자. 김용환 대표님, 천국에서 평화의 안식을 누리소서.

# 진정성을 가지고
# 참 인생을 살아온
## 김용환 대표

**김영래**
아주대학교 명예교수
내나라연구소 이사장
제7대 동덕여대 총장

### 사반세기四半世紀의 인연을 맺은 김용환 대표

　김용환 대표와 필자와의 인연은 〈시민의신문〉 시절부터 이어간다. 시민의신문은 1989년 7월 8일 경제정의실천시민연합경실련 창립 준비위원회가 구성되어 한국의 시민운동을 본격적으로 이끈 경실련이 주축이 되어 1993년 5월 29일 창간되었다. 시민의신문은 시민사회단체들과 일반 시민들이 출자한 시민주를 모아 1993년 창간되어 2007년까지 한국 시민사회를 함께 이끌어온 대표적인 언론이었다.

당시 시민의신문을 통해 보도된 기사와 칼럼 등은 한국 정치사회의 민주화와 함께 일반 시민은 물론 정부 기관, 대기업들로부터 상당한 관심을 불러일으켰다. 당시 필자는 경실련의 상임집행위원과 조직위원장으로서 시민의신문의 역할에 대하여 많은 관심을 가지고 있었는데, 시민의신문 운영에 있어 상당한 재정 책임을 광고에 의존하였다. 이런 광고에 대한 책임자가 김용환 <sup>당시 시민의신문 상무</sup> 대표님으로 신문사에서 자주 만나 대화를 나누었다.

이때 시민의신문은 시민사회 활동에 대한 자료 발굴과 축적을 위해 1996년 9월 3일 〈시민운동정보센터〉를 설립하였다. 시민운동정보센터는 한국시민사회에 대한 자료 조사와 활동을 정리하는데, 참여한 필자는 임현진 교수<sup>서울대 사회학과</sup> 등과 같이 1996년 11월 『한국민간단체 총람』을 발간한 이후 『한국시민사회연감』, 『한국시민사회운동사』 등을 편집, 발간하는 데 참여하였다. 이와 같은 발간 작업을 하는데 역시 상당한 비용을 기업체 광고를 통해 조달하였는바, 이때 역시 김용환 대표가 광고 업무를 담당, 상기 자료를 발간하는 데 중요한 역할을 하였다.

## 나의 건강을 챙겨준 김용환 대표
필자가 김용환 대표로부터 받은 여러 가지 후의와 고마움은

감사나눔의 향기

지금도 잊을 수 없다. 시민의신문과 시민운동정보센터는 경실련과 밀접한 관계를 가지고 있다가 1997년 5월 1일 독립기관으로 승격되어 신문사가 폐간될 때까지 창덕궁 근처 권농동 128번지 태산빌딩에서 활동했다. 당시 시민의신문은 한국 침뜸의 대가이자 한국정통침뜸연구소장인 故 구당 김남수1915-2020 선생을 초빙하여 시민사회 활동가들의 건강을 위해 침뜸을 하는 건강교실을 운영하는 봉사활동을 했다.

이때 필자는 김용환 대표의 권유로 매주 침뜸을 받았다. 필자는 이때부터 거의 매주 김용환 대표를 침뜸봉사실 또는 건강교실에서 만나게 되었으며, 자연스럽게 여러 가지 이야기를 나누는 기회를 갖게 되었다. 김남수 선생이 침뜸 봉사를 하러 오시는 날에는 나에게 전화를 하여 침뜸을 받으라고 연락을 하였다. 이때부터 시작한 나의 침뜸 역사는 지금까지 계속되고 있다.

김용환 대표가 이때부터 권유한 침뜸은 지금 여의도 〈감사나눔신문〉의 건강교실에서 운영되고 있으며, 건강교실은 김남수 선생의 제자인 김홍렬 봉사자가 책임을 맡아 매주 수요일 운영하고 있다. 최근 건강교실에는 안산에서 목회하시는 신영수 선교사도 매월 2회 감사나눔신문사와 관계있는 인사들의 건강을 돌보는 봉사를 하고 있다.

김용환 대표의 봉사정신, 감사운동은 그의 진정성의 발로에서 나온다고 본다. 김용환 대표는 특히 한국버츄프로젝트Virtues Project에 참여하면서 '감사Thank'가 한국사회를 변화시킬 수 있다는 것을 체험하고 감사나눔운동에 본격적으로 참여하는 계기가 되었다고 본다. 이후 〈재외동포신문〉, 〈여의도통신〉 등에서 광고영업 활동을 꾸준히 전개하면서 동시에 감사나눔운동 보급에 상당한 노력을 기울였다.

이러한 감사나눔의 중요성을 인식한 김용환 대표는 2010년 1월 8일 감사나눔신문을 창간, 한국사회에서 '감사나눔운동'에 본격적으로 뛰어든 것이다. 이는 무엇보다도 인간 김용환이 감사의 진정성을 가지고 헌신적으로 봉사의 정신을 발휘, 운동을 전개하였기 때문에 감사나눔운동이 오늘날 한국사회에 뿌리를 내린 것이다. 김용환 대표의 진정성 있는 봉사와 사랑의 삶의 자세는 감사나눔운동과 더불어 영원히 빛날 것이다.

## 나의 일기장에 적힌 김용환 대표에 대한 추모의 글

필자는 중학교 3학년인 1961년 1월 1일부터 현재까지 일기를 쓰고 있다. 다음은 지난해 김 대표의 사망 소식을 접한 후 나의 일기장에 적힌 글이다.

### 2023년 7월 11일(화요일) 비

"이렇게 허망한 일이 있는가? 어제 오후 여의도 감사나눔신문 사무실에서 차를 마시면서 정담을 나누었는데, 오늘 3시경 사망하였다는 연락이 왔다. 불과 24시간 전에 만난 김용환 대표이다. 2000년대 초 시민의신문 시절부터 거의 1주일에 한 번씩은 만나고, 시민운동정보센터, 여의도통신 등에서도 많은 시간을 보냈는데, 너무도 황망하다. 최근 건강이 급격히 악화된 것 같아 건강을 챙기라고 이야기했는데, 도대체 이해할 수 없다. 고인의 명복을 빈다.”

## 2023년 7월12일(수요일) 비

“여의도 성모병원 장례식장에 있는 김용환 전 감사나눔신문 대표의 빈소에 가서 조문을 했다. 나도 모르게 조문을 하는데 눈물이 나온다. 김 대표의 해맑은 표정을 보니 지난 월요일 차를 마시면서 그의 건강을 염려했던 것이 새삼 생각이 된다. 전국의 감사운동Campaign을 전개하는 데 주도적인 역할을 한 그가 집념을 한 운동이 아닌가. 인생이 순간이라는 생각이 든다. 밤새 안녕이라는 것이 실감 된다. 조화 꽃바구니와 부의금을 전달했다. 나의 건강을 걱정해주던 김 대표의 표정이 새삼 생각되고 있다.”

# 보고 싶고 사랑하는
# 김용환 대표님을
# 회상하며

**김영후**
제21대 병무청장
제18대 한국방위산업진흥회 상근부회장
감사나눔신문 고문

김용환 대표님! 보고 싶습니다.

갑작스런 비보를 듣고 믿어지지가 않았었는데 벌써 우리 곁을 떠나신 지 1주기가 가까워진다니 참 세월이 빠르게 지나간다는 생각을 해봅니다. 백상빌딩 8층 엘리베이터에서 내려 감사나눔신문사 문을 열고 들어갈 때마다 "청장님 어서 오세요" 하고 해맑은 미소로 반겨 주실 것 같은 착각을 하곤 한답니다. 어찌 그리도 서둘러 예고도 없이 우리 곁을 떠나셨는지요.

김 대표님과의 만남을 꽤 오랜 기억들을 더듬어 회상해 봅니다. 13여 년 전 병무청장 재직 시 우연히 국방일보를 읽다가 국방대학교 최병순 교수와 군부대에 감사나눔운동을 도입하기 위한 업무협약 내용을 보고, 병무청도 일하는 문화 개선을 위해 노력하고 있던 터라 도움이 되겠다는 생각이 들어 신문사를 수소문하여 연락을 하게 되었고 멀리 대전까지 손욱 회장님을 모시고 방문하여 첫 만남의 인연이 시작되었습니다. 행복나눔125 운동에 대한 상세한 설명을 들으며 완전 공감하게 되어 병무청에 도입하겠다는 결정을 하였으며, 『100감사로 행복해진 지미 이야기』 책을 주고 가셔 감사에 대한 눈을 뜨게 해 주셨습니다.

　그 후 행복하게 일하며 국민들께 봉사하는 병무청을 만들고자 하는 저를 돕기 위해 손욱 회장님과 유지미 기자까지 함께 내려오셔, 본청 전 직원을 대상으로 강의와 실습을 통해 감사나눔운동을 시작할 수 있게 도와주셨는데, 애석하게도 얼마 후 청장직을 떠나게 되어 감사 불씨를 살리지 못한 아쉬움을 갖게 되었지요. 그러나 2013년 마포에 위치한 한국방위산업진흥회에서 방산교육센터를 창설하는 임무를 맡으며 감사나눔운동에 대한 아쉬움과 미안함을 달래려 신문사를 가끔 방문하였으며, 세종대왕의 홍익정신을 바탕으로 한 행복나눔125 운동을 군 병영에 도입하여 내무반의 갈등을 없애고 감사로 행복해지는 병영을 만들고자 하는 원대한 계획을 듣고 자그마한 역할이라도 보탤 수 있으리라 판단되어 적극적으로 동참하게 되었습니다.

또한, 병무청에서 시작하다 중단되어 버린 아쉬움을 달래기 위해 손욱 회장님께서 그동안 2군사령부 감사 페스티벌로 확산시킨 감사나눔운동 내용을 정리하신『감사로 행복해진 병영 이야기』와 『나는 당신을 만나 감사합니다』, 허남석 회장님의 『행복한 리더가 행복한 일터를 만든다』 등의 주옥같은 체험적 성공 스토리를 읽고 감사에 대한 선한 영향력과 신념을 더욱 깊이 갖게 되어 저부터 지금까지도 감사일기를 쓰게 되는 계기가 되었습니다.

그래서 2016년 한국방위산업진흥회방진회 상근부회장으로 부임하자 즉시 전 직원을 대상으로 행복나눔125 운동을 시작할 수 있었고, 방진회 구성원들이 감사를 통해 가정이 행복해지고 직장을 행복하게 만들어가면 이를 바탕으로 행복 바이러스의 파동을 터무니없는 방산 비리 수사로 많은 고통을 당하고 있는 방위산업 회원사까지 확산시켜 보겠다는 원대한 꿈을 갖고 나름대로 최선을 다했던 시절이었습니다.

김 대표님은 감사나눔에 모든 삶의 초점을 맞추고 살아가셨던 표상이었으며 가정이 행복해야 직장이 행복하고 대한민국이 행복해진다는 신념과 철학을 가지고 어머님에 대한 지극정성의 효도를 포함, 가족들에게 감사나눔을 실천하였으며 이를 지켜보던 주변 사람들에게도 감동을 주었습니다, 특히 40

년 이상의 공직생활 동안 앞만 보고 달려왔던 저 자신을 되돌아보고 반성하며 가정의 소중함을 일깨워주고 삶의 가치를 변화시키는 원동력을 제공해주신 은인이셨습니다.

한편으로는 군부대 장병들에게 행복나눔125 운동이 확산되면서 포스코를 비롯한 기업들, 포항시를 포함한 지자체로 감사나눔운동의 불꽃이 활활 타오르면서 크나큰 사회적 반향과 성과를 얻게 되었고, 최근에는 전국 55개 교도소에 감사의 향기로운 꽃이 활짝 피어나고 있어 재소자들이 자신들이 저지른 죄와 잘못을 반성하고 고통을 받고 있는 가족은 물론 피해자들에게 사과하고 죄의 굴레에서 벗어나 새로운 인간으로 태어나도록 변화시키는 최고의 인성교육 수단으로 발돋움하는 기적 같은 현상이 일어나고 있는 시점에 김 대표님이 안 계셔 더욱 아쉽고 섭섭합니다.

김 대표님을 생각하면 '건강센터'를 빼놓을 수가 없겠지요. CEO들이 건강해야 직장도 조직도 행복해진다는 신념으로 어려운 여건 속에서도 건강센터를 운영해 오셨으며, 우리 부부는 이곳에서 너무나 많은 삶의 지혜와 도움을 받고 있답니다.

우이당 선생님의 강의와 실습을 통해 대체의학에 대해 관심을 갖게 되었고, 인체의 구조와 장기들의 역할과 관리에 대한 방법, 따주기 비법 및 정안기공체조 등의 소중한 배움의 기회를 제공해주셨고, 정일경 원장 강의를 통해 간헐적 단식과 어 씽Earthing에 대해 알게 되어 모든 약으로부터 해방되어 삶의 질이 획기적으로 달라진 고마움을 어찌 짧은 글로 표현할 수 있겠습니까? 요즈음은 신영수 선교사님의 정기적 치료까지 이어져 뇌졸중, 치매 예방치료까지 많은 도움을 받고 있답니다.

끝으로 감사할 일은 신문사 사무실에 매주 토요일 벨칸토 음악 교실을 만들어 주셔 성악을 늘 갈망하던 가족에게 가장 큰 선물을 제공할 수 있어 더욱 감사하였습니다.

김용환 대표님! 너무 많은 것을 베풀어 주시고 아무 말씀도 없이 우리 곁을 떠나셨지만, 그동안 주고 가신 은혜에 너무 감사하고 보고 싶지만 아쉽군요. 부디 하늘나라에서 늘 성원해주시고 평안을 얻으시길 기도 드립니다. 감사합니다.

# 가까운 일가친척보다
## 더 그립고 생각나는 사람

**김재우**
한국코치협회 명예회장
전 방송문화진흥회 이사장
감사나눔신문 고문

**사단법인 등록으로 뜻있는 사람들의 후원을 담을 그릇 준비**

나는 손욱 회장의 소개로 김용환 대표가 '시민의신문' 상무로 있을 때 처음 만났습니다. 김 대표는 건강센터에서 침과 뜸으로 봉사를 하고 있는데 건강을 챙기라며 다양한 건강 비법을 소개해 주었습니다. 2010년 감사나눔신문을 창간한 후에는 감사나눔신문 자문위원으로 계시는 분들과 서울클럽에서 조찬 모임을 하며 감사나눔에 대한 사례 발표를 듣고 토론하는 시간을 가졌습니다.

김 대표는 자나 깨나 감사만 생각하는 사람이었습니다. 그는 나에게 감사와 코칭을 연계하기 위해 정기적으로 코칭 받기를 원했습니다. 코칭을 통해 그를 지지하고 격려하기 위해 코칭을 하면서 강조한 게 있습니다. "사단법인을 만들어서 소외된 사람들을 위해 봉사할 수 있는 그릇을 준비해야 됩니다." 내가 한국코치협회 회장을 하면서 사단법인이었기 때문에 많은 도움을 받았던 경험을 바탕으로 소개했습니다. 사단법인을 만들어 기부금 지정 후원 기관이 되면 기부금을 제공한 사람에게는 세제 혜택을 줄 수 있는 장점이 있는 까닭이었습니다.

드디어 2021년 감사나눔연구원이 사단법인으로 등록하여 명실공히 지정기부금 기관으로 위상을 높이게 되었습니다. 김 대표는 "회장님 덕분에 사단법인을 만들 수 있었습니다. 미래를 내다보는 통찰력과 선견지명에 감동하며 깊은 감사를 드립니다"라고 하면서 감사의 마음을 잊지 않았습니다.

## 5감사쓰기의 기쁨과 행복

코로나 팬데믹 전까지 감사나눔신문에 자문하는 10여 분이 서울클럽에서 조찬으로 모여 감사나눔에 대한 다양한 이야기들을 나누었습니다. 한참 대화가 무르익어가다가 마무리 단계에 이르면 김 대표는 5감사쓰기 카드를 돌려서 감사쓰기를 하자고 제안했습니다. 처음에는 "아닌 밤중에 홍두깨…" 하면서 생뚱맞다는 생각이 들어 소극적으로 참여했습니다.

그러다가 김 대표의 지속적인 감사쓰기의 효과를 듣고 몇 년 전부터 감사를 매일 쓰기로 결심한 후 실천해 오고 있습니다.

매일 아침 하루를 시작하며 5감사를 쓰다 보니 "범사에 감사하라"는 말씀의 뜻을 실감하게 되었습니다. 5감사쓰기가 모닝 루틴이 되니까 좋은 점이 참 많습니다. 하루를 긍정적으로 시작하니 아침이 상쾌하고 기분이 좋습니다. 또 감사를 찾아 쓰려면 하루 동안의 기억을 되살려야 하므로 하루를 꼼꼼히 돌아보게 됩니다. 영어 Thank와 Think의 어원이 같다는 의미도 이해하게 되었습니다. 감사하려면 생각을 해야 하니까요. 감사쓰기가 습관이 되니 기억력이 좋아지고 자세히 보게 되어 기억의 신비를 깨닫게 됩니다.

2022년 통계에 의하면 우리나라 한 해 사망자는 37만 명이고, 이 중 60세 이상이 30만 명이며, 사망자의 70%가 병원에서 생의 마지막을 보낸다고 합니다. 노인 사망의 요인은 암을 비롯한 여러 가지가 있지만 가장 큰 원인은 치매라고 합니다. 치매로 인해 넘어지거나 부딪혀서 사고가 나기 때문입니다. 감사쓰기는 치매 예방에 으뜸이라는 생각도 하게 되었습니다. 감사쓰기의 기쁨과 행복을 알려준 김 대표가 감사쓰기를 할 때마다 떠올라 더욱 그립고 고마운 마음입니다.

### 교도소에서 꽃 피운 감사나눔운동

2019년 안양교도소의 감사쓰기 공모전 시상식 및 페스티벌에 참석했습니다. 당시 신용해 소장이 감사나눔신문의 후원으로 수용자들에게 감사나눔 공모전을 실시하여 입상자들에게 상을 주고 격려하는 현장을 보면서 교도소 교정·교화 사업에 감사나눔신문이 기여할 공간이 많겠다는 생각을 했습니다. 김 대표는 교도소 교정·교화 사업에 전력을 기울였습니다. 이어서 신용해 소장이 광주지방교정청 청장으로 가면서 감사나눔신문 보급을 확대하였습니다. 마침내 신용해 청장이 2022년 교정업무 총괄 책임자인 법무부 교정본부장에 취임하고 나서 곧바로 감사나눔연구원과 업무협약MOU을 체결하여 전국 교도소에 감사나눔신문을 보급하고 감사나눔 인성교육을 실시하는 내용을 골자로 '만델라 프로젝트'를 진행하게 되었습니다.

김 대표는 사회의 소외계층인 수용자들의 감사나눔운동과 감사 인성교육을 위해 집중하고 몰입하였습니다. 만델라 프로젝트를 통해 교도소가 더 이상 '범죄학교'로 불리지 않고 "재활학교, 갱생학교, 취업 기회 제고" 등의 긍정적인 역할을 할 수 있다는 목표를 가지고 전력투구했습니다. 감사나눔 인성교육이 가장 효과가 있다는 평가를 받고 있어서 더욱 의미를 두고 선택과 집중을 하였습니다.

**매일 전화를 해주는 다정한 그런 사람이 있을까요**

김 대표는 매일 전화를 해서 안부를 물어 왔습니다. 처음에는 매일 전화 받는 게 귀찮게도 느꼈으나 시간이 지나면서 전화가 없으면 오히려 "무슨 일이 있나?" 하면서 기다리게 되었습니다. 김 대표는 참 마음이 따뜻한 사람이었습니다. 회장님! 하면서 부르는 다정한 목소리에 큰 위로와 격려가 되었습니다. 통화하면서 그는 감사나눔에 대한 확신을 더욱 가지는 것 같았습니다. 언제든지 전화를 걸어 안부를 묻는 김 대표는 수호천사와 같았습니다.

### 감사를 통해 내 안에 잠자는 거인을 깨우는 꿈

그는 감사를 온몸으로 실천하며 살았습니다. 명실상부한 감사나눔의 원조입니다. 감사를 위해 모든 것을 바쳤습니다. 김 대표는 감사를 통해 사람 속에 내재된 잠자는 거인을 깨우는 역할을 감당하였습니다. 불가능을 가능으로 바꾸어 감사나눔 운동을 반석 위에 올려놓았습니다. Impossible을 possible로 바꾸었습니다. 그는 마틴 루터 킹 목사의 "I have a dream." 연설을 생각나게 합니다. 킹 목사는 1963년에 "나에게는 꿈이 있습니다. 조지아주의 붉은 언덕에서 노예의 후손들과 노예 주인의 후손들이 형제처럼 손을 맞잡고 나란히 앉게 되는 꿈입니다"라는 연설을 했습니다.

1968년에 암살당했으나 그의 꿈은 계속해서 진화해 오다가 2008년 미국 최초의 흑인 대통령 오바마가 탄생하게 되었습니다. 인생은 꿈을 꾸고 그 꿈을 실현하기 위해 노력하는 존재입니다.

감사나눔신문이 창간되어 태동할 때만 하더라도 "감사나눔운동이 과연 지속될 수 있을까?"하는 의문을 품기도 했습니다. 감사나눔신문이 유지되는 데는 많은 어려움과 난관이 있었지만 김 대표의 꿈과 열정과 집념과 몰입 덕분에 감사나눔운동은 계속되고 있습니다. 마침내 전국 교도소 55곳에 감사나눔신문이 찾아가 수용자들을 교화시키는 거룩한 사명을 감당하기에 이르렀습니다. 수용자들이 감사나눔신문을 읽고 감사쓰기를 실천하고 감사나눔 공모전에 적극적으로 참여하면서 기적이 일어나고 있습니다. 감사나눔운동은 계속해서 진화를 해왔습니다. 낮은 곳을 향해 감사가 꽃을 피우고 있습니다.

감사가 꽃 피울 때 그는 홀연히 우리 곁을 떠나갔습니다. "아, 이 사람아, 그렇게 빨리 떠나면 어떡해." 그가 떠나는 날 하늘도 안타까워서 눈물을 흘렸습니다. 지금도 그를 생각하면 북받쳐 오르는 감정을 억누를 길이 없습니다.

80여 년을 살아오면서 떠나고 나서 이렇게 그립고 보고 싶은 사람은 없었습니다. "가까운 일가친척보다 더 그립고 생각나는 사람입니다."

김 대표가 떠난 뒤에도 그의 뜻을 받들어 많은 사람들이 감사나눔운동을 계속해서 펼쳐나가고 있어 감동하며 감사하게 됩니다. 감사나눔운동이 계속되는 한 김 대표는 우리 곁에 있을 것입니다. 김용환 대표, 보고 싶습니다. 그립습니다. 감사합니다.

# 05

# 감사를 가르쳐 주고
# 건강을 챙겨주던
# 김용환 대표님이 그립습니다

**김택호**
프리시이오 회장

갈 때마다 친절히 맞아주시던 김용환 대표님이 안 계시어 섭섭한 마음입니다.

감사에 대한 일을 더 하시고 가셔야 할 분인데 일찍 하늘나라에 먼저 가셨습니다. 감사나눔신문사 옆에 건강센터를 만들어 놓고 영향력 있으신 분들의 건강을 챙겨 드리면서 감사나눔운동을 펼치시는 김용환 대표를 잊을 수가 없습니다.

여러 기업과 군부대 그리고 교도소에 감사나눔운동을 펼치시며 큰 성과를 일으키고 있습니다. 나에게도 감사나눔신문 직원들과 함께 "소중하신 김택호 회장님께 드리는 5감사"를 써주어 크게 감명을 받았습니다.

2013년 감사나눔신문사 주관으로 '감사 페스티벌'이 국회헌
정기념관에서 열렸습니다. 여러 회사에서 소품과 감사일기장,
100감사와 1,000감사 쓴 것들이 빼곡히 걸려 있었습니다.

우리나라가 경제적인 측면에서 세계 10위권에 등극했지만
행복지수는 OECD 국가 중 최하위 수준입니다. 우리의 빨리
빨리 문화가 감사나눔운동을 기초로 행복지수를 따라잡는데
도 기대해 봅니다. 중소기업들이 감사나눔신문을 교재로 삼아
해당되는 항목들을 일에 적용하여 적자이던 기업들이 흑자로
전환되었다는 사례들을 많이 들어왔습니다. 감사나눔운동이
기업들에 울려퍼질 때 머지않아 대한민국 기업들이 경쟁력 측
면에서 세계 제일의 위치에 있으리라 믿습니다.

김 대표의 추천으로 안양에 있는 삼성전자 하청기업에 견학
하기 위해 새벽에 간 적이 있습니다. 공장에 들어가니 출근 시
간 전인데도 팀장이 팀원들과 같이 감사나눔신문을 읽으면서
토론하고 이야기를 나누면서 박수치는 모습을 보았습니다.

미국에 스텐리 텐 박사라는 분이 있었습니다. 사업가로서 돈
을 많이 벌었습니다만 척추암 3기 진단을 받았습니다. 사람들
은 그가 곧 죽을 것이라고 생각했는데 몇 달 후 병상에서 자리
를 툴툴 털고 일어나 출근을 했습니다. 직원들이 놀라 "어떻게

병이 낫게 된 것입니까?"라고 물었습니다. "아~네~ 저는 하나님 앞에 감사만 했습니다"라고 대답했습니다. 하나님 앞에 "병들게 된 것도 감사합니다. 병들어 죽게 되어도 감사합니다. 무조건 감사하고 감사합니다"라고 했더니 암세포는 없어졌고, 건강을 되찾게 된 것입니다.

고인이 살아 계시다면 이런 감사 이야기도 기탄없이 할 수 있을 터인데 하는 아쉬움이 있습니다.

# 06

# 감사나눔의 선구자
# 김용환 대표님을 기리며

**박대영**
전 삼성중공업 대표이사
제15대 한국조선플랜트협회 회장

갑작스러운 김용환 대표님의 부음을 듣고 병원 장례식장으로 달려가던 때가 엊그제 같은데 벌써 1주기가 다가오니 세월의 흐름은 정말 덧없는 것 같습니다. 매주 주말마다 그것도 맨발로 근처의 산을 오르시던 밝고 건강하시던 분이었기에 안타까움이 더했던 것 아닌가 싶습니다.

2012년 10월 조봉래 포스코 포항제철소 소장님이 저희 조선소를 방문하셨을 때, 포스코의 감사나눔운동 사례를 소개하며 제철소를 한번 방문할 것을 권하셔서 노사 대표, 인사·총무 간부들과 현장을 방문해 변화된 모습을 눈으로 보고 우리 조선소에도 도입할 것을 결심하게 됐습니다. 제가 2013년 사장으로 승진하자마자 1월에 손욱 회장님을 초빙해 말씀을 들었고, 3월에 전 임원을 대상으로 특강을 해주셨는데, 그때 김 대표님과 제갈정웅 이사장님, 안남웅 목사님 등 감사나눔운동의 핵심 지도자들을 만나뵙게 되었습니다.

이후 4월 23일 드디어 감사나눔 도입 선포식을 갖고 본격적으로 전 직원 교육, 감사리더 양성과 함께 다양한 활동 프로그램을 개발하게 되었습니다. 이 과정에서 김 대표님을 비롯한 감사나눔 지도자들의 헌신적인 지원 덕분에 여러 가지 에피소드를 남기며 성공적으로 감사나눔을 정착시킬 수 있었고, 그 결과로 조직 문화가 바뀌는 놀라운 성과를 올렸습니다.

예를 들어 감사리더 서병수 반장, 문형진 반장 가정과 직장의 놀라운 변화, 선주고객와 사내외 협력사까지 확장된 감사나눔 실천, 선행 · 후행 부서간 소통과 협업의 조직 문화 등 향후에도 지속 가능한 좋은 사례들이 속속 만들어졌고, 특히 서병수 반장의 사례는 KBS '생로병사' 프로그램에 소개되기도 했습니다.

김용환 대표님과는 수시로 연락하며 진행 과정에 관해 의견을 나누었고, 좋은 사례를 알려주시며 제가 이를 직접 격려해주도록 해주셨으며, 또한 교도소, 군부대, 타사의 감사나눔 활동 내용에 대해서도 자세히 알려주심으로써 저도 많은 간접 경험을 통해 지혜를 얻고, 특히 이후에 나온 TBVM<sub>Thanks Based</sub> Visual Management에 관한 경영기법도 상당 수준 이해할 수 있었습니다.

김 대표님은 만날 때마다 5감사카드, 감사 다이어리DIARY, 감사나눔신문, 이 닦는 소금 등 뭐라도 들고 오셔서 주시고 가셨던 기억이 남아 있고 제가 코로나 걸렸을 땐 약까지 챙겨주신 자상한 분이셨습니다.


제가 잊을 수 없는 김 대표님과의 추억은 제 모친이 돌아가셨을 때, 조문 오셔서 모든 식구들이 어머니·할머니에 대해 감사했던 것들을 5감사로 감사족자에 적어 영전에 올리자는 제안을 해주셔서, 온 가족이 눈물을 흘리며 5감사를 적어 화장하기 직전까지 관 위에 올려 두었던 특별한 이벤트는 지금도 눈앞에 생생합니다.

이 같은 인연으로 제가 은퇴한 후에도 TBVM 교육 시 삼성중공업 감사나눔 사례 강의도 하고 제이미크론, 연산메탈의 성공 사례도 배울 수 있었으며, 부산 지역 공단의 TBVM 열풍도 체험할 수 있었습니다.


2022년부터는 매주 ZOOM으로 운영하는 감사경영 아카데미에 참여했는데 매주 제게 회의를 알리는 연락을 빼놓지 않으시는 열정을 보여주셨습니다. 저는 별 볼 일 없는 조그만 일을 추진하느라 지금 해외에 장기 체류하고 있습니다만 감사나눔과 홍익인간의 기본 철학을 가슴에 새기고 남은 인생을 의미 있게 살고자 노력하겠습니다.

　김용환 대표님의 미소 띤 자상한 모습을 기억하며 하늘나라에서도 열정적으로 감사나눔을 전도하는 모습을 상상하며 대표님을 추모합니다.

# 07

# 감사를 내면에 쌓을 수 있게
# 이끌어 주신
# 김용환 대표님을 그리며

**박점식**
천지세무법인 회장
감사나눔연구원 이사

한없이 낮은 곳에서 가까이 다가오신 분
세속의 계산법과는 다른 계산을 하는 분
끈질기게 자신의 선한 생각을 나누어 주신 분
늘 진심으로 천지세무법인의 성공을 기원해 주신 분.

김용환 대표님은 내 곁에 이런 분으로 존재하셨는데 어느 날 홀연히 떠나가셨다. 회사의 혁신적인 변화를 어떻게 만들어 낼지 고심하던 중 만난 '감사'. 감사라는 화두를 붙들고 직원들과 함께 감사일기를 쓰고 공유하면서 그 효과를 실감해 가던 어느 날 김재우 회장께서 감사나눔신문이 그즈음2010년 창간되었음을 알려주고 김용환 대표님을 소개해 주셨다.

그렇게 인연을 맺은 감사나눔신문사 김용환 대표님.

김 대표님과 함께한 감사 여정은 어쩌면 내 인생에서 가장 의미 있는 시간이 아니었을까 생각해본다. 김 대표님을 만나지 못하고 혼자서 감사 활동을 해 왔다면 아마도 중간에서 지쳐 떨어졌을지도 모른다. 감사나눔신문을 중심으로 만난 분들과의 교류가 나에게는 감사의 깊이를 더해 주고 지속할 수 있는 결정적인 계기가 되었다.

손욱 회장님, 김재우 회장님, 제갈정웅 이사장님, 안남웅 목사님, 김영래 총장님, 허남석 회장님, 이순동 회장님, 임대기 회장님, 양병무 원장님, 정철화 박사님, 황재익 대표님, 그 외에도 일일이 열거하지 못하는 많은 분들이 나를 포기하지 않고 오늘에 이르기까지 이끌어 주셨다. 특별히 이 기회를 빌어서 감사의 말씀을 드린다.

나는 어디에서나 내 인생에서 가장 보람 있는 일은 감사를 만나고 실천해 온 일이라고 이야기한다. 이러한 믿음은 시간이 지날수록 더욱 확고해져 간다. 이처럼 소중한 감사를 내면에 차곡차곡 쌓을 수 있게 이끌어 주신 분이 바로 김용환 대표님이다.

나는 노는 날은 철저하게 쉬는 타입이다. 전화도 받지 않는다.

그래서인지 언젠가부터는 오는 전화도 거의 없다. 그런 나에게 휴일에 전화를 걸어오는 분은 김 대표님이 거의 유일했다. 처음에는 귀찮기도 하고 이해하기 어려웠다. 그러나 찬찬히 듣다 보면 나를 위해 기도한 이야기, 아픈 아들 동훈이를 위해 기도했다는 이야기, 어머니 이야기가 주를 이룬다. 얼마나 감사한 일인가? 이런 전화를 받으며 나를 돌아보게 된다. 거기에는 참 이기적인 내가 있음을 발견하고 김 대표님의 따뜻한 사랑을 느끼곤 했다.

천지세무법인 월례회의 때마다 참관하셔서 응원과 격려 말씀을 주셨다. 만날 때마다 감사카드를 함께 쓰자고 나누어 주고 당신이 먼저 써서 읽고 건네주신다. 처음에는 어색하고 내키지 않은 적도 있었지만, 막상 쓰고 나면 뿌듯했고 그렇게 받아서 모아둔 감사카드가 우리 만남의 징표로 쌓여서 엄청난 감사 부자가 되었다.

내 책이 발간될 때마다 자신의 일보다 더 기뻐해 주고 신문에 수시로 광고를 내 주셨다. 늘『어머니』감사가 감사의 뿌리라고 말씀하면서 나보다 더 열심히 책 홍보를 해준 분이셨다.

당신 건강은 챙기지 못하면서도 주변의 많은 분들 건강에 도움 되는 역할에는 늘 최선을 다하셨다. 내가 건강에 관심을 갖게 되고 여러 건강습관을 만들어 낸 것도 김 대표님의 각별한 배려가 있었기에 가능한 일이었다.

　김 대표님의 깊은 뜻을 헤아려 본다. 자신의 영달과는 거리가 먼 일임에도 왜 그렇게 무모하리만큼 힘든 도전을 지칠 줄 모르고 해 왔을까? 많은 것을 받은 나는 어떻게 그 빚을 갚아야 할까? 어렴풋하나마 조금은 가늠이 된다.

　"남겨주신 숙제를 잘 풀어 보겠습니다.

　김 대표님! 존경합니다.

　이젠 많이 편안하시지요?"

# 08

# 주님이 주시는 축복과 평강을
# 듬뿍 누리세요

**서문 동**
남서울대학교 사무처장
석오이동녕선생선양회 상임대표

## 만남

김용환 대표님과의 만남을 통하여 감사와 나눔을 배웠습니다.

제가 감사나눔신문의 김 대표님을 만나게 되었을 때, 저는 여러 모양으로 바쁘고, 분주한 삶 가운데, 무기력한 상태였습니다. 대학의 행정 책임자로서 적십자 활동, 환경운동, ESG경영 실천을 위한 에너지 절전 자문 등으로 심신이 지쳐가던 그때 김 대표님과의 만남을 통하여 새로운 힘을 얻는, 감사와 나눔을 배우게 되었습니다. 항상 미소로 대답하시고, 격려의 말씀으로 힘을 주시며, 지친 마음을 읽으시고 친구처럼 편하게 대해 주시고, 겸손함으로 존중하여 주신 형 같은 따뜻한 분이셨습니다.

여러 장소에서 만날 때마다 겸손하신 말씀으로 인사를 하시던 김 대표님이 생각납니다. 여러 이유와 핑계로 만족하지 못한 삶 가운데 김 대표님을 만나 감사나눔이란 에너지를 받아, 적극적이고 긍정적인 삶의 자세로, 열정을 회복하고 일하며, 감사나눔 생활을 해보고자 애써 보았지만, 감사 생활을 유지하기에 힘겨워 감사나눔신문을 대할 때마다 부끄러움을 느끼곤 하였습니다.

그리고 2022년 12월 감사나눔연구원 주최 교정기관 '감사쓰기공모전' 시상식에 참여하여서 감사나눔이 얼마나 큰 사명인지, 선한 영향력을 끼치고 있는지 알 수 있는 기회였습니다. 사회에서 원하지 않은 일을 당하고, 한순간 잘못으로 교정기관에 들어가서 감사쓰기를 통하여 자신을 새롭게 다듬고 있는 이들을 보고 가슴이 찡하여 감동적이었습니다.

## 배움

김 대표님은 참 겸손하신 분이셨습니다.

항상 겸손한 말씀으로 존중해주셔서 신뢰와 믿음을 주셨습니다. 감사의 씨앗은 겸손이라고 합니다. 특히 어려운 일들과 어떤 문제에 부닥쳤을 때 실망과 좌절, 낙망하기보다 오히려 감사의 마음을 가져서 이를 극복하고 위기에서 벗어날 수 있다는 것을 배웠습니다. 또한, 감사는 사람들과의 갈등을 해소하고, 소통하는 데 특효약이라는 가르침을 주셨습니다.

김 대표님은 감사라는 묘약을 주셨습니다.

일상 중에서 어려움을 만나거나, 마음대로 일이 안 풀리는 경우 지쳐가는 마음을 감사쓰기를 통하여 회복시켜 주는 회복의 묘약이 감사라는 사실을 배웠습니다. 더불어 지친 몸과 마음을 치유하는 보약 같은 게 바로 감사라고 하셨습니다.

오늘날 우리는 참으로 바쁘고, 분주하여 일상 속에서 감사를 표현하기가 그리 쉽지 않지만, 감사는 바로 자신에 대한 선물이며, 용서이고, 어떤 어려운 일을 겪을 때마다 고난과 좌절을 이겨내는 데 큰 힘, 보약 같은 묘약이라는 것을 알게 되었습니다. '고난 속에 축복'이라는 하나님의 말씀처럼, 불평과 불만, 실패에서 감사는 새 소망 새 희망이라는 생각입니다.

김 대표님께서는 "감사는 행복의 씨앗"이라고 하셨습니다. 날마다, 5감사, 10감사, 100감사를 쓰다 보면 감사의 지수가 높아져 감사의 크기만큼 행복도 더 커진다는 것을 배웠습니다. 감사하는 사람들이 많은 사회일수록 우리 사회는 건전하고 소망과 희망으로 가득 차게 됩니다. 감사하는 마음을 가지면 만나는 사람들이 서로를 좋아하게 하고 신뢰도를 높일 수 있습니다.

김 대표님께서는 감사나눔의 '명문 가문'을 세워나가라고 당부하셨습니다.

감사나눔의 향기

가정에서도 부부간에 부모와 자녀 사이에 감사의 마음을 갖고 살아간다면, 더 행복한 명문 가정을 세울 수 있으며, 감사 나눔은 여러 어려운 일을 당한 가정을 일으켜 세우시고 지켜주시어 감사 명문 가문을 만들어 나갈 수 있다고 하셨습니다.

직장에서는 감사와 나눔 정신으로 가득하면, 즐겁고 화목하고 서로 존중해주어 즐겁고 행복한 직장이 될 수 있다고 하셨습니다. 우리가 살아가면서 만나게 되는 역경, 시련, 불평, 불만, 원망으로 피폐해진 마음을 선하고, 고마움을 가지는 부요한 마음으로 변화시켜 주는 소금과 같은 역할을 하는 것이 바로 감사와 나눔입니다.

김 대표님께서는 감사를 학교의 교훈, 교과목으로 삼아야 한다고 하셨습니다.

우리나라 학교마다 교훈이 있습니다. 교훈이란 학교의 교육 이념이나, 목표로 학교마다 보통 세 가지로 정하고 있습니다. 학교의 교훈들을 보면 사랑, 창의, 봉사, 정의, 진리, 자유, 평등 등의 단어가 인기가 많습니다. 하지만 감사를 교훈으로 정한 학교는 보지 못한 것 같습니다. 김 대표님께서는 학교에 감사라는 교과목을 개설하여 우리 사회에서 필요한 유능한 인재를 양성하는데, 감사 덕목을 가진 이들이 많아야 우리 사회를 변화로 이끌 수 있다고 하셨습니다. 최근 감사를 교양 과목으로 택하고 있는 대학들도 점점 늘어나고 있어 다행입니다.

## 감사

성경에서 감사를 가르쳐 주십니다.

"범사에 감사하라데살로니가전서 5장 18절", "감사를 넘치게 하라골로새서 2장 7절" 등 감사는 기독교인의 덕목으로 자리 잡고 있습니다. 이 세상을 창조하신 하나님을 믿는 이들의 감사는 바로 기도이고 사랑입니다. 예수 그리스도께서는 십자가 고난을 받으시며, 십자가에서 죽을 것을 아시면서도 제자들과 최후의 만찬을 하시며, 감사기도를 하셨습니다.

성경에 예수님께서 나병환자 열 명을 치료해준 사건이 있는데, 아홉 명은 그대로 갔고, 한 명만 예수님께 돌아와서 감사를 드렸습니다. 어찌 보면, 자신의 병을 고쳐주신 예수님께 감사하다는 것을 깜빡 잊어버린 아홉 명 속에 제 자신도 있어 때때로 감사하지 못한 채 살아가고 있는 것은 아닌지 생각하곤 합니다. 예수님께서는 그 한 명의 감사에 얼마나 기뻐하셨을까? 생각하니 감사는 나 자신의 병을 낫게 하지만 상대방에게 더 기쁨을 드릴 수 있다는 것을 알게 되었습니다.

또한, 성경에서 요나는 배를 타고 니느웨로 가던 중 거센 태풍을 만났는데 그 풍랑의 원인자로 지목되어 배 위에서 바다

감사나눔의 향기

로 던져져 물고기 뱃속으로 삼켜져 3일 낮 밤의 고난 속에서
도 요나는 하나님께 간절한 기도로 물고기 배 속에서 땅 위에
뱉어져 살아나 하나님께 감사하였고, 하나님의 사명자로 세움
을 받아 니느웨의 왕과 사람들을 회개하게 하는 큰 사명을 감
당하였습니다.

감사나눔신문을 통한 감사나눔 이야기를 듣고, 감사나눔을
기업, 학교 등 사회 저변으로 확대해 나가고자 만나는 이들과
소속된 단체를 통하여 감사나눔신문을 전해 보고, 전국 대학교
사무 · 총무 · 재무 · 관리 · 안전처 국장 협의회 세미나를 통하
여 감사나눔을 소개하고, 유능하고 참된 인재 양성을 위해 감
사 교과목을 교양과목으로 개설할 것을 주장하고 있습니다. 그
래도 우리 사무실 직원들이 100감사를 써보고 감사하다는 이
야기를 들었을 때 무척 기쁜 마음이었습니다.

김 대표님께서 제게 마지막으로 주신 "주님이 주시는 축복과
평강을 듬뿍 누리세요"라는 메시지는 감사나눔에 관계하는 모
든 가족들에게 주신 말씀으로 생각하며, 우리를 행복한 삶으
로 인도하는 감사나눔은 우리가 감당하기 벅찬 엄청난 축복의
근원이 될 것으로 믿고, 항상 감사나눔을 실천하며, 감사나눔
의 전도사가 되어 감사의 조건을 찾아서 감사하는 행복한 여
정이 되기를 소망합니다.

# 09

# 감사나눔의 아버지
# 김용환 대표

**손 욱**

감사나눔아카데미 회장
행복나눔125 명예회장
전 농심 회장

성경 속의 이삭의 아버지 아브라함은 믿음의 아버지이고 대한민국의 이삭의 아버지 김용환 대표는 감사나눔의 아버지입니다.

아브라함은 고향인 우르를 떠나 가나안에 믿음 공동체를 만들었고, 김용환 대표는 창덕궁 앞의 시민의신문사를 떠나 여의도에 감사나눔 공동체를 만들었습니다. 아브라함은 하나님에 대한 굳건한 믿음으로 복의 근원이 되었고, 김용환 대표는 아들 이삭에 대한 사랑과 하나님 사랑, 나라 사랑으로 감사나눔의 불씨를 나누어 행복한 세상을 만드는 꿈을 키웠습니다.

## 감사나눔신문 창간(2010년 1월 8일)

2007년 창덕궁 앞에 있던 뜸사랑에서 김용환 대표를 처음 만났습니다. 뜸사랑은 삼성그룹의 지원으로 구당 선생을 모시고 지도자들의 건강을 위한 뜸치료 봉사센터로 시민의신문 상무였던 김용환 대표가 책임자로 있었습니다.

어느 날부터 전광 목사의 『365 Daily 감사』, 『평생 감사』, 『백악관을 기도실로 만든 대통령 링컨』, 『성경이 만든 사람 백화점 왕 워너메이커』 등 감사에 관련한 책들을 권유하기 시작했습니다. 당시 농심 회장으로 일하며 '한국형 GWP 모델'을 만들고자 노력하던 때라 큰 도움이 되었습니다. 김용환 대표를 중심으로 전광 목사, 감사 편지쓰기의 배종수 교수, 문용린 장관, 한국코치협회 김재우 회장, 한국버츄프로젝트의 김영경 대표 그리고 학교에서 감사를 실천하시던 교장 등 많은 분들이 여러 차례 모임을 가지고 감사나눔에 대해 의견을 모았습니다.

김용환 대표는 2007년 시민의신문사가 폐간되는 혼돈기를 거치면서도 감사나눔에 대한 믿음이 더욱 단단해져 2010년 1월 감사나눔신문을 창간하였습니다.


## 행복나눔125의 출범과 포스코ICT 540일의 기적

감사나눔이 기업의 조직문화 운동으로 발전하려면 GWP의 Trust, Pride, Fun과 같이 3요소가 필요하다고 생각하고 세종대왕의 홍익인간 리더십의 3요소인 나눔, 열린 소통, 칭찬과 접목하여 행복나눔125를 창안하게 되었습니다. 나눔은 1주 1선행, 열린 소통은 1월 2독서토론, 칭찬은 1일 5감사로 체계를 만들었습니다. 1주 1선행을 후일 1일 1선행으로 변경했습니다.

2010년 4월 1일, 포스코ICT현 포스코DX에서 행복나눔125 조직문화 운동이 출범했습니다. 포스데이터가 경영에 실패하여 포스콘과 합병되어 포스코ICT로 새롭게 출발하는 비전 선포식의 자리였습니다. 초대 허남석 사장의 감사나눔에 대한 믿음과 결단으로 가능했던 일입니다.

540일 뒤 포스코그룹의 조직문화에 대변환이 시작되었습니다. 행복도 꼴찌의 포스코ICT가 1등으로 올라오는 기적이 일어났기 때문입니다. 540일간 김용환 대표는 포스코ICT에 몰입했습니다. 허남석 사장과 한 팀이 되어 전 사원 가나안농군학교 2박 3일 교육을 필두로 분당, 포항, 광양을 오가며 밤낮없이 소통하며 고뇌하는 나날이었습니다. 김 대표의 절절포절대 절대 포기하지 말라가 기적을 만든 것입니다.

그 결과 포스코 전 그룹으로 확산되고 포항시가 감사도시, 인성교육 1등 도시로 대통령표창을 받고 광양시가 행복도시로 변화하고, 각급 학교와 전군의 인성교육으로 퍼져 나가는 역사가 시작된 것입니다.

포스코의 감사나눔운동은 미국 버지니아대 다든 스쿨에서

사랑받는 기업의 사례연구로 등재되고, TOYOTA자동차에 납품하는 자동차 강판 결함율이 '마의 2%'라는 한계를 넘어 최고 품질을 경신하여 '감사나눔으로 이룬 품질 기적'으로 평가받는 성과를 이루었습니다. 2023년 포스코와 포스코ICT 노조가 민노총을 탈퇴할 수 있었던 것도 감사나눔운동으로 변화한 조직문화가 크게 기여했다고 생각합니다.

## 행복한 교실 만들기와 행복한 병영 만들기 운동으로

행복한 교실 만들기는 포스코교육재단의 포항지곡초와 광양제철남초에서 시작되어 수천 번의 벤치마킹을 통해 방방곡곡으로 퍼져 나갔습니다. 행복한 병영 만들기의 시작은 2011년 수도방위사령부 전차대대입니다. 김 대표와 유지미 기자가 대대원들과 함께 어머니에 대한 감사쓰기 체험을 통해 감동의 파도를 만들어 전군으로 확산되었습니다. 특히 감사 왕불씨인 이순진 대장과 박한기 대장이 합참의장에 오르며 육군의 감사운동은 확고하게 자리잡게 되었습니다. 현재까지 군에서 감사를 체험한 약 3백만 명이 사회 각 분야에서 정신문화의 변화를 선도하고 있습니다.

## 김 대표의 마지막 작품, 교정본부의 감사나눔운동

학교와 군, 기업과 시민사회, 병원과 요양원, 교회와 시민단체 등 전국을 누비며 감사나눔을 전파해온 김 대표가 마지막

정성을 모은 곳이 교정본부였습니다. 육군교도소에서 시작된 교도소 감사운동은 2022년 8월 신용해 교정본부장이 부임하며 조직적 체계적으로 추진되어 또 하나의 기적을 만들고 있습니다. 성공하면 노벨평화상을 수상할 수 있다는 격려를 받고 있어 김 대표의 마지막 작품으로 멋지게 완성되기 기원합니다.

## 감사문화로 행복한 사회 기초를 만든
## '도전과 몰입과 집념'의 김용환 정신

감사나눔신문 14년, 10년이면 강산도 변하듯이 감사문화도 기적같이 변했습니다. 군에서 감사를 체험한 3백만 명, 포스코그룹, 삼성중공업 등 기업들과 포항시, 광양시 등 시민사회에서 감사를 체험한 사람들이 2백만 명 정도로 전체 인구의 10%에 달합니다.

4% 불씨가 있으면 다 변한다고 합니다. 김 대표의 감사나눔은 이미 한국정신문화의 훌륭한 토양을 만들고 있어 그 바탕 위에 가장 행복한 나라의 꿈이 이루어지리라 믿습니다.

훗날 감사나눔의 아버지 김용환 대표의 이름이 길이 기억되기 바랍니다.

# 10

# 어려워도 감사, 기뻐도 감사하며
## 감사의 삶을 사신
## 김용환 대표님을 그리며

**신영수**
의료 선교사

김용환 대표님이 우리 곁을 떠나가신 지 어언 1년.

'아직'이라는 표현보다 '벌써'라는 단어로 수식해 봅니다. '감사'라는 명사와 '나눔'이라는 동사를 몸소 실천하시면서 명실공히 감사나눔의 대표로 사셨던 김용환 대표님.

유형의 책은 언젠가 없어져도 그 책을 읽은 사람들의 뇌리에는 항상 책 속에서 얻은 양서의 지식이 그 사람의 삶을 조명해 주듯, 교과서 같이 사셨던 대표님의 교과서는 이 세상에 안계서도 그 교과서 속에서 얻은 교훈은 오늘도 많은 사람들의 뇌리에서 회자 되고 있습니다.

김용환 대표님,

1년 전 인사 한마디 없이 혈혈단신으로 천국에 입적하신 대표님이 많이 서운하고 아쉬웠습니다. 추모 1년을 맞는 저로서는 이해하면서도 아직도 이해를 못 하고 있습니다. 가시밭의 백합화는 평소에 진한 향기를 발하며 많은 사람들에게 기쁨이 되어 주곤 하지요. 그러나 백합화가 가시에 찔릴 때 백합화 향은 더욱 진한 향을 발합니다. 이때 바람까지 세차게 불면 백합화 향은 그 바람을 타고 만 리 이상을 날아가 많은 사람에게 향기를 전해 주는 것이 백합화 꽃향기랍니다.

대표님은 이처럼 참된 백합화 꽃처럼 사셨습니다. 평소에도 진한 향기를 내셨지만, 어려움이라는 가시에 찔려 상흔이 깊을 때에는 더 진한 향으로 멀리, 아주 멀리 날아가 향기를 발하셨습니다. 군부대, 교도소, 기업체 등을 두루 섭렵하시면서 감사와 나눔으로 도배하셨던 대표님 생전의 삶은 지금도 대표님의 체취가 닿은 곳마다 진한 향이 되어 시들지 않는 향기를 발하고 있습니다.

어려워도 감사. 기뻐도 감사. 대표님은 감사로 시작하여 감사로 사셨으며 감사로 삶을 다 하셨습니다. 즉, 대표님의 감사는 백합화 꽃의 포자가 되어 삼천리 반도 강산을 휘저으며 5대양 6대주를 거쳐 천국에까지 이르는 포자를 뿌리고 가셨습니다.

감사나눔의 향기

김용환 대표님! 대표님이 떠나신 지 1년이 되었건만 우리는 언제나 대표님과 함께해 왔습니다. 이제는 김용환 대표님을 좀 더 멀리 보내 드려야 될 것 같습니다. 저희가 눈물을 흘리며 대표님의 자리를 정리하더라도 용서해주십시오. 그러나 대표님의 자리는 정리되어도 대표님의 자리는 항상 그 위치에 그대로 놓아두겠습니다. 언제든지 오셔서 저희들과 동행해 주십시요.

대표님이 이 땅에 계실 때에는 국한된 감사나눔이었지만 이제는 대표님이 계신 천국과 이 땅을 연결 고리로 잇는 광역의 대표님으로 더 크게 경영해 주실 것도 부탁드립니다. 아울러 저희는 대표님의 뒤를 이어 앞으로도 계속 감사나눔의 행진을 하겠습니다.

저희 가는 곳마다 감사와 나눔의 성냥이 되어주세요. 감사와 나눔의 불이 꺼져 가는 곳에 다시 성냥불로 붙여 주시고 새로운 감사와 나눔의 장소를 찾아갈 때도 그 성냥불로 불을 붙여 주십시오.

감사합니다. 그리고 그 감사 계속 나누겠습니다.

# 11

# 진정한 홍익인간
# 김용환 대표님이 그립습니다

**안재혁**
연산메탈 대표이사

## 김용환 대표님과 잊을 수 없는 이야기

매일 아침 7시가 되면 꼭 전화를 주셔서 안부를 묻고 현재 감사한 일이 무엇인지 물어보고 "나부터, 작은 것부터, 지금부터" 감사하자며 '나작지' 감사를 강조하셨습니다. 전화 주시면 오늘도 즐겁고 감사한 일 나누자고 매일 통화했던 기억이 납니다.

그리고 코로나가 심해지면서 감사기반의 드러내기 경영 (TBVM, Thanks Based Visual Management) 교육을 위하여 부산의 우리 회사에서 교육할 때는 호텔 방을 마다하고 회사 4층 강당에서 주무시곤 하셨습니다. 우리 회사 4층에 기가 충만하여 4층에서 자고 나면 몸이 개운하고 가벼워 날아갈 것 같다고 하셨습니다. 그리고 회사 옆에 있는 산에도 자주 올라가셨지요. 기가 충만한 곳이라고 하셨습니다.

## 홍익인간이 추구하는 인간상의 표본

김 대표님이 우리 회사를 기가 충만한 곳이라 한 것은 회사 건물 앞에 세워져 있는 천부경 비석을 보고 남다른 애정을 보여주시면서부터입니다. 천부경과 함께 홍익인간에 대하여 많은 이야기를 나누었습니다.

천부경은 총 81장으로 구성되어 있고, 다양한 한국 전통 사상을 담고 있으며, 우주의 생성과 소멸, 인간의 삶과 죽음, 그리고 이상 사회를 이루는 방법 등에 대한 내용을 다루고 있습니다.

홍익인간은 "넓히고 이롭게 사람을 다스린다"입니다. 이는 천부경에서 제시하는 이상적인 인간상을 나타내는 말로, 세상 모든 사람들을 위해 봉사하고 이롭게 하는 사람이라는 뜻입니다. 따라서 천부경과 홍익인간은 서로 밀접하게 연결되어 있습니다. 천부경은 홍익인간이 되기 위한 이론적인 토대를 제공하고, 홍익인간은 천부경의 가르침을 실천하는 실제 모습입니다.

천부경에서 제시하는 원리는 홍익인간이 세상을 이해하고 판단하는 데 도움을 줍니다. 또한, 천부경에서 강조하는 넓은 마음, 이타적인 사랑, 실천력은 홍익인간이 되기 위한 필수적인 자질입니다. 우리 회사 본관 건물 앞에 세워져 있는 천부경이 이야기하는 홍익 인간상과 잘 어울리는 분이 바로 김용환 대표님이라 하겠습니다.

대표님은 넓은 마음을 소유하고 있었습니다. 늘 다른 사람에게 도움이 되는 일을 하려고 이타적인 삶을 살았습니다. 그리고 대단한 실천력을 갖고 있었습니다.

매일 아침 많은 사람에게 일정한 시간에 전화하는 것이 쉽지 않은데, 10여 년 세월을 한결같이 실천하신 것을 보면 대단한 실천력을 갖고 계셨습니다. 따라서 천부경에 기반한 홍익인간이 바로 김용환 대표님이라고 할 수 있습니다.

우리는 이상 사회까지는 못 만들더라도 감사기반의 드러내기 경영으로 부산의 기업들을 경쟁력이 있는 기업으로 만들어 보자는 꿈들을 나누었습니다.

이상적인 사회는 사람들이 서로 돕고 존중하며 살아가는 사회이고, 이윤을 추구하는 회사도 서로 도와 협업이 잘 될 때 성과를 낼 수 있기에, 우리 회사는 가능하면 모든 직원들이 감사기반의 드러내기 경영을 공부하여 행복한 회사를 만들 뿐만 아니라 행복한 가정생활을 할 수 있게 하기로 했습니다. 이러한 과정에 김용환 대표님의 도움이 컸습니다. 물론 드러내기 경영의 정철화 박사님의 도움도 잊을 수 없습니다.

## KBS 〈감사가 뇌를 바꾼다〉 프로그램에 방영

우리 회사는 계속 매출액 500억 원을 넘지 못하다가 감사 기반의 드러내기 경영인 TBVM을 도입하고 3년 만에 매출액 1,000억 원이 넘는 회사가 되었습니다. 김용환 대표님은 우리 연산메탈과 여러 부산 기업들에게 TBVM을 전파한 큰 공로가 있습니다.

특히 우리 회사 사례는 2021년 KBS 구정 특별 프로 〈감사가 뇌를 바꾼다〉에 방영되도록 추천해주기도 했습니다.

## 메모의 화신

김용환 대표님은 감사쓰기도 열심히 하셨지만 강의를 들을 때나 컨설팅을 하실 때 다른 사람들의 이야기를 아주 열심히 적는 분이셨습니다. 적어야 산다는 '적자생존'의 철학을 가지고, 정보화 시대에 본인이 감각기관으로 얻은 정보를 열심히 적는 모습이 지금도 눈에 어른거립니다. 아마 천국에서도 열심히 감사를 쓰고 계시리라 생각하며 진정한 홍익인간 김용환 대표님과 함께했던 시간이 그리워집니다.

# 12

# 성직자 같은 삶을 살았던
# 김용환 대표

### 이순동
호서대학교 이사장
공익PR봉사재단 이사장
전 국제로타리 3650지구 총재

아, 이런 슬픈 일이 과연 일어날 수 있는 것인가?

그가 없는 우리들의 삶은 이제 정신적인 자립의 시기가 갑자기 다가왔음을 깨우쳐 준다.

김용환 대표!

우리에게 항상 희망을 심어주었던 그는 우리 곁에서 언제까지 지켜주리라 생각했다. 아직 할 일은 많고 희망의 발자국 소리가 들려오는데 아무런 징후도 안 보이다가 홀연히 우리보다 먼저 떠나니 이 상황을 어떻게 맞을 것인가 혼미에 빠지게 한다.

아직 노령도 아니고 또 꾸준히 건강을 챙겨왔고 누구보다 깊은 신앙심으로 안정된 김 대표야말로 우리의 보호자로서 역할을 해줄 수 있다는 믿음이 있었다.

매일 나날이 늙어가면서 건강에 대한 우려도 믿음의 부족함도 그의 노력으로 지켜가면서 더 큰 도움을 받으려고 했는데 먼저 떠나버리면 우리는 어쩌란 말인가?

그는 가까운 지인들을 보호하기 위해 우리에게 파송된 천사처럼 끊임없이 안부를 확인하고 말씀으로 우리를 지켜주었는데, 이제는 하나님의 부르심을 받고 더 높은 곳에서 더 많은 사람들과 연결하고 더 많은 사람을 지켜주는 성인의 위치에 올라섰음이 분명하다.

그는 그의 평생 목표인 감사를 전파하기 위해 신문사에 출근해서 계획된 일을 마치고 잠시 쉴 때 떠나셨다. 이제 틀림없이 성인의 자리에 오른 그와는 전화로 통화하지 않고, 또 직접 만나지 않아도 언제나 어디서나 대화하는 입체적 커뮤니케이션을 할 수 있게 된 것으로 믿으며 이 또한 하나님께 감사드린다.

우리는 김용환 대표의 보살핌에서 벗어나야 한다. 그가 전하는 하나님의 말씀은 내가 찾아서 읽고 누구한테라도 전해야 한다. 건강관리도 이제 독립적인 판단으로 선택해야 하며 안정을 위한 나 혼자만의 시간을 찾아야 한다.


유족들의 슬픔은 더 말할 나위가 없다. 부인이 의사이지만 김 대표는 자기 몸 관리는 제쳐두고 남의 건강만 돌아보고 새로운 건강 정보와 가이드에 많은 신경을 써왔다. 그를 어렵게 했던 삶의 일들을 잊어버리고 부인과 아드님과 함께 축복받은 삶을 겨우 찾으셨는데, 그 시간을 그렇게 빨리 끝내고 더 큰 일을 해야 한다며 급히 가시다니 남은 가족들의 슬픔은 어쩌란 말인가?

김 대표가 없는 감사나눔신문은 또 어떻게 해야 할지 해결 방법이 보이지 않는다. 신문사 운영에 제일 중요한 재무를 거의 혼자 맡아왔던 그의 꾸준한 열정을 누가 이어받을 수 있을지 막막해진다. 군부대, 또 최근 그 효과가 나타나기 시작하는 재소자들에 대한 감사운동, 기업의 경영활동 지원, 무엇보다 건강관리를 의지했던 한방진료실 등은 미래가 불분명하다.

김 대표에 의존했던 이 많은 사람들은 어떻게 해야 할지 방황하게 됐으니 이를 또 어쩌란 말인가? 떠나는 날에도 출근길에 일찍 나에게 전화한 그 마음과 뜻을 알고 함께 감사하면서 하루를 시작했다. 진정 그의 성직자 같은 삶을 어여삐 보신 하나님께서 그의 약한 몸을 잘 지켜주셨고, 그 기력을 다 쓰시게 한 뒤 고통 없이 데려가셨으니 그는 하나님의 축복을 받았음이 분명하다.

김용환 대표!
2000년대 초 시민단체의 반대기업 기류 속에 만난 우리는 거의 25년을 함께 하며 여러 사회문제와 그 해결방안, 믿음의 말씀을 나누면서 하루의 의미를 감사하고 축복을 기원했다.

밝은 사회를 만들기 위한 시민운동이나 봉사단체는 근본적으로 감사의 마음을 근본으로 가져야 하며, 이를 전파 시키기 위해 시작한 감사나눔신문은 이제 미디어와 교육자료로써 그 존재를 인정받고 있다.

어려운 코로나 3년여 긴축정책으로 힘들어진 경영환경에서 살아남아 이제 막 기지개를 펼치기 시작하는 데다 감사운동의 효과를 인정받기 시작했는데 큰일을 해야 할 그는 훌쩍 떠나버렸다.

모세가 약속의 땅 가나안이 보이는 모압 땅 느보산에서 하나님의 부르심을 받은 것처럼 약속의 땅으로 갈 준비를 모두 마쳤다. 김 대표는 지금까지의 감사를 기반으로 한 모세의 시대를 걸어왔고, 이제 가나안 땅으로 건너가 그곳을 정복하는 여호수아의 탄생을 준비한 것이다.

진정 김 대표를 추모한다면 김 대표의 평소 신념과 뜻을 계속 살려 나가야만 진정 그가 살아있는 것이다.

이제, 감사나눔신문은 여호수아처럼 약속의 땅에서 새로운 감사나눔신문을 탄생시킬 뿐만 아니라 더 넓고 깊고 높은 세상을 널리 이롭게 하는 새로운 모습으로 변화되어 지켜나가야 한다.

# 13

# 나는 아시아의 제일가는
# 기억전문가입니다

**이중기**
동보중공업 회장
감사나눔신문 고문

"김용환 대표는 많은 사람들에게 '당연한 것을 감사한 것으로 깨닫고, 다른 생명조차 소중히 여겨 나눔을 실천하도록 하게 하는 사명'을 잘 감당하고 소천했지만, 나는 왜 이 땅에 남았을까 생각해 봤습니다. 그리고 아직 해야 할 일이 남아 있음을 깨닫게 되었습니다."

2023년 7월 11일은 나에게 있어 생사를 달리한 날에 찾아온 깨달음과 고백이었다. 감사나눔신문사 김용환 대표가 귀천하는 날, 나도 강남의 한 도로에서 귀천할 뻔했으나 세상과 연결된 끈을 다시 잡았던 날이기도 했다.

당시 나는 동기동창들을 만나 식사와 함께한 술자리를 끝내고 취한 채 집으로 돌아가는 길이었다. 택시를 타려고 하다가 발을 헛디뎌 넘어지면서 보도블록에 머리를 부딪칠 뻔했다. 다행히 택시 문고리를 잡은 덕분에 큰 위기를 모면할 수 있었다.

아픈 다리를 부여잡고 찾아간 집 근처 병원에서는 "다리를 절단해야 한다"라는 절망적인 이야기를 듣고 받아들이기 어려웠다. 혹시나 하는 마음과 절망적인 마음을 안고 찾아간 또 다른 병원에서는 "무슨 소리! 절단하지 않아도 된다. 치료만 잘하면 된다"라는 의사의 말에 "오! 하나님! 감사합니다!"라고 고백했다.

오래전 젊은 시절에도 큰 위기가 찾아왔었다. '동양보일러'라는 이름으로 시작한 '동보중공업' 시절, 접대를 위한 술자리를 자주 갖게 됐는데 너무 많이 마신 탓에 간암 초기라는 진단을 받았다. 게다가 치료차 들른 일본의 한 호텔에서 잠을 자다가 화재사고로 인해 불에 타죽을 뻔했다. 창문을 깨뜨리고 커튼 줄을 만드는 기지를 발휘해 무사히 살아남을 수 있었다.

군 복무 시절에는 상사에게 이유 없는(?) 무차별 '폭력과 기합'을 받기도 했다. 어떤 상황에서든 긍정적으로 여기는 마음 덕분에 훈련 조교로도 활동하게 됐다. 이때의 경험과 깨달음은 나에게 삶을 살아가는 원동력을 제공했다.

전역 후 산업현장에 뛰어든 나는 열심히 일한 덕분에 사업도 잘 풀려 직원들이 '일 좀 하게 해 달라'며 우리 집 문지방을 넘나들기도 했다. 나는 지금까지 살아오면서 '생사의 기로'에서 기적처럼 살아난 적이 몇 번 있었다. 그때의 외침은 "운명이여, 오라!"였다.

데일 카네기는 나의 인생의 멘토였다. 『인간관계론』을 통해 만난 데일 카네기의 삶은 어떤 어려움이 닥쳐와도 극복할 수 있는 '긍정에너지의 보물창고'였다. 등록금이 없어 학교를 다니지 못하는 학생들을 돕기 위한 장학사업도 시작했다. 후원을 받아 공부한 학생들 중 몇 명은 훗날 교장선생님이 되어 다시 만나기도 했다. 이처럼 도움이 필요한 곳에 아낌없이 후원했다.

그럼에도 불구하고 힘든 시절도 있었다. 지인들로부터 겪은 배신감으로 인해 몸과 마음을 추스르기 어려운 시간들이 찾아왔지만 겨우 견뎌낼 수 있었다. 청춘을 바쳤던 회사에서 퇴직금도 받지 못한 채 치매 진단과 함께 경영일선에서 쫓겨나다시피 했다. 정말 열심히 살아왔었다고 자부했었음에도 가정위기로 인한 허망한 마음을 이기지 못해 잠시 술을 찾기도 했었다. 사업상 마셔야 했고, 술이 아니면 견디기 어려웠던 시간들도 많았다.

지금도 정말 감사한 일은 감사나눔신문사 김용환 대표와 임직원들을 만난 이후 내 삶은 크게 달라졌다는 것이다. 감사를

감사나눔의 향기

만난 이후 교도소 후원과 도서후원에 이어 전국 군부대를 다니며 '젊은 시절의 경험담'을 들려주기도 했다.

신문사를 찾아가 김용환 대표를 만날 때마다 조금씩 쌓였던 감사습관은 물 댄 동산처럼 나에게 삶의 활력소가 되었다. 찾아오는 위기는 나를 힘들게 했지만 그 위기를 잘 넘길 수 있었던 것은 '그럼에도 불구하고' 무조건 감사하는 것이었다.

신문사를 처음 방문할 당시 나는 "누가 내 뇌를 지우개로 지우는 듯하다. 며칠 전 있었던 일도 기억하지 못한다"며, '치매가 주는 현실'에 대한 불안감과 함께 감사의 마음을 말로, 글로 표현하는 것도 정말 어색하고 힘들었다.

김 대표는 아침저녁으로 밥 먹기 전 밥 먹은 후 시도 때도 없이 '감사파동'을 했다. 감사파동은 모인 자리에 있는 한 사람에게 여러 사람이 5가지 이상 감사한 것을 고백하는 시간이다. 모인 사람이 3명이면 3바퀴를 도는 셈인데 처음에는 어색하다 못해 '그만 하라고, 안 하고 싶다'는 생각도 들었다.

뿐만 아니라 김 대표는 하루에도 수천 번 오르내리는 감정 기복과 불안감 해소, 자존감 회복을 위해 "나는 아시아의 제일가는 기억전문가입니다"라는 감사구호를 만들어 주며 매일 반복해 외치도록 했었는데, 아직도 가방에 넣고 다닌다.

김 대표의 귀천일이었던 2023년 7월 11일부터 지금까지 나는 '자신과의 금주' 약속도 잘 지켜오고 있다. 최근에는 박점식 회장의 '1천 감사' 노하우가 녹아있는 책, 『어머니, 내 어머니』를 구입하여 나눠주며 감사파트너로서 감사의 습관을 지속하도록 돕고 있다.

나이가 들어가면서 잊혀지는 자연스러움인 치매에 대해서도 이전보다 관대해졌다. 매번 반복된 위기에도 불구하고, 새벽마다 드리는 '경건 예배', 작고 사소한 일에도 감사히 여기며 긍정적으로 생각하는 '감사나눔의 습관들'은 나에게 새 힘이 솟아나도록 돕고 있다.

현재 내 나이는 여든이 넘어섰지만, 마음 깊이 분노를 삭혀 스러질 듯 쇠약하던 예전의 모습은 점차 사라졌고, 이젠 초롱초롱한 맑은 눈과 고운 피부를 지닌 건강하고 중후한 노년의 삶을 보내고 있다.


나에게 다가오는 운명은 필연이고, 감사는 나의 내면을 성장시켜주는 기회라고 여긴다. 을씨년스럽고 외로울 수도 있는 나의 노후를 따뜻하고 풍성한 마음으로 귀천을 할 수 있도록 도와준 김용환 대표. 귀천하면 그의 손을 꼭 잡고 고마운 마음을 꼭 전하고 싶다.

# 14

# 감사를 가르쳐 주신
# 진실되고 착하고 산소 같은
# 김용환 대표님!

**임성자**
성지엔지니어링 회장

벨칸토 음악 교실에서 처음으로 김용환 대표님을 만났습니다.

음악 교실 가입 인사 곡으로 '내 맘의 강물'이라는 가곡을 불렀는데, 너무 잘했다고 칭찬을 해 주어 그때부터 큰 힘이 되어서 감사하게 생각하고 있습니다. 그 후 대표님은 법무부 행사, 교도소 행사, 감사나눔신문에서 행사가 있을 때마다 초청해 주고 사회 공헌하는 길에 동참하도록 해 주어 감사한 마음입니다.

특히 아침마다 전화로 "회장님!" 하면서 따뜻하고 다정한 목소리로 안부를 물어 주어 힘을 얻고 격려가 되었습니다. 어느 정도 시간이 지나자 대표님은 '아들에게 100감사'를 적어보라고 제안했습니다. 나는 "아들이 어머니에게 감사를 해야 한다"

는 생각을 하고 있었는데, 아들에게 100가지 감사를 쓴다는 것은 생각지도 못한 일이었어요. 계속되는 권유에 못 이겨 마지못해 우선 10가지를 써보았습니다.

10가지도 많다고 생각했는데 김 대표님의 끈질긴 권유를 뿌리치지 못하고 다시 펜을 들고 생각해보니 어릴 때와 학생 때, 결혼 전, 결혼 후, 손자가 출생했을 때 등으로 기간을 나누어 보니 쉽게 적을 수 있었습니다. 이렇게 나누어 계속 적다 보니 101가지 감사를 완성할 수 있었습니다. 101번 감사내용은 "버킷리스트의 꿈, 비전, 소망이 이루어지도록 기도하며 함께 마음과 정성을 모으는 엄마가 되도록 해 주어서 감사합니다" 입니다. 더 놀라운 사실은 '명문가 인증서'까지 세밀하게 준비하여 아들에게 인증서를 수여하게 된 것은 아들에게도 저에게도 참 의미 있는 일이었습니다. 그날의 감동과 감사하는 마음은 평생 잊을 수가 없습니다.

제갈정웅 이사장님께서 "귀하는 덕망 있는 가문의 후손으로 집안의 꿈나무로 성장하여 이제 우리나라 의료계의 지도자로 우뚝 서셨습니다. 아울러 가정에서는 효자로 칭송을 받고 음악과 감사가 가득한 명문가를 이루셨기에 본 인증서를 드립니다"라고 명문가 인증서를 낭독해주었습니다. 이날 명문가 인증서에는 제갈정웅 이사장님, 박점식 회장님, 강석진 회장님,

정철화 박사님을 비롯하여 참석하신 18분이 전부 사인을 해주셨습니다. 강석진 회장님은 "명문가 인증서에 참석자 전원이 사인한 이유는 명문가 인증서 수여에 대한 책임을 지고 앞으로도 응원하겠다"는 뜻이라고 의미를 부여해주셨습니다.

김용환 대표님은 "아드님이 어머니를 존경하고 사랑하는 마음이 지극 정성이어서 큰 감동을 받았습니다. '이런 아들이 있을까?' 하는 마음이 들었어요. 임성자 회장님이 101감사를 쓴 것은 앞으로 계속해서 감사를 쓰겠다는 뜻을 담고 있습니다. 지금까지 다른 분들은 100감사쓰기를 했는데 회장님은 '101감사쓰기의 원조'가 되었습니다"라고 설명했습니다.

제 아들 김현범 교수는 감명을 받고 감사 인사를 했습니다.
"지난번 네패스 서울 본사에서 열린 '늦가을 밤의 벨칸토 콘서트'를 보면서 깊은 감동을 받았습니다. 오늘 또 과분하게 명문가 인증서를 주시고 여러모로 챙겨주셔서 깊이 감사드립니다. 앞으로 어머니를 더욱 잘 모시겠습니다."
저 역시 감동의 눈물을 흘리며 이렇게 감사의 인사를 올렸습니다.
"감사나눔신문사에 오면 감사가 음악처럼 흐르고 있어서 기쁘고 행복합니다. 김용환 대표님께서 감사쓰기를 격려해 주어서 쓰다 보니 아들이 나의 기쁨이요 자존심이었음을 절실히 느껴서 감격적인 시간이었습니다. 오늘 행사에서 모두가 축하해주어서 더욱 기쁘고 영광으로 생각합니다. 감사합니다."

누가 이렇게 어머니가 자식에게 감사를 쓰게 하고, 명문가 인증서까지 주면서 격려하고 응원할 수 있을까요. 대표님이 베풀어 주신 관심과 사랑을 생각하면 눈물이 앞을 가려 감사의 마음이 더욱 절실히 다가옴을 느끼게 됩니다.

김용환 대표님이 권유하여 장차 꿈의 목록인 '버킷리스트'를 작성한 것 또한 아름다운 도전으로 남아 있습니다. 버킷리스트 마지막에 저의 꿈과 각오를 밝혔습니다.

"공동체를 위한 삶을 위해 홍익대 근처에서 얻은 성과를 홍익정신을 실천하는 데 사용하고자 하는 목표를 가지고 있습니다. 세상을 널리 이롭게 하는 홍익정신을 실천하기 위해 제주도의 모교인 신성여고, 인간개발연구원, 아프리카 후원단체 등에 기부금을 이미 실천하였습니다. 향후 지속적으로 사회를 위한 봉사활동에 나서고 긍정과 감사를 전파하여 사회정화 운동에 공헌할 예정입니다. 감사합니다."

대표님은 이토록 나에게 많은 것을 주시고 꿈, 사랑, 풍요, 감사의 삶을 추구하도록 가르쳐주었습니다. 지금은 그립고 그리워도 만날 수 없지만, 그래도 마음속에 남아있어서 아들과 함께 감사를 이야기할 때마다 거론하는 인물이 되어 감사하며,

모자간에 감사를 표현하는 것이 서먹하지 않도록 만들어 주고 천국 가신 것에 깊은 감사를 드립니다.

김용환 대표님은 진실되고 착한 사람의 본보기이며 산소와 같은 분이십니다. 신앙이 돈독하여 금식기도로 하나님께 매달리어 하나하나 이루어 가시는 모습을 보고 하나님이 존재하시며 함께 하신다는 것을 느끼게 하였습니다. 지나치게 금식을 많이 하여 어깨를 만져보니 뼈만 남아서 건강을 먼저 챙기어야 한다고 만날 때마다 당부드렸지만, 한 몸 희생하여 감사나눔신문사를 살려야겠다는 투철한 사명감 때문에 결국 미리 천국 가신 것을 생각하면 지금도 눈물이 앞을 가립니다. 누군가의 희생이 있어야 조직을 살린다는 교훈을 알게 해 주신 분입니다.

김용환 대표님을 통해 받은 영감은 감사가 주는 유익함에 대한 것입니다. 감사의 정의를 네 가지로 정리해 보았습니다. 첫째, 감사는 노래이다. 노래가 마음을 즐겁게 하듯이, 감사는 우리 삶에 즐거움과 긍정적인 에너지를 불어넣기 때문입니다.

둘째, 감사는 씨앗이다. 씨앗이 싹을 틔우고 꽃을 피우듯이, 감사는 행복과 긍정적인 변화의 씨앗이 되기 때문입니다.

셋째, 감사는 나침반이다. 나침반이 길을 찾도록 도와주듯이, 감사는 우리 삶의 방향을 제시하고 의미를 찾도록 도와주기 때문입니다.

넷째, 감사는 가로등이다. 가로등은 어두운 길을 밝게 해주어 안전하게 가게 하듯이 감사는 어두운 내 마음을 밝게 하여 긍정으로 가게 하기 때문입니다.

김 대표님을 통해서 감사의 놀라운 힘을 알게 되었습니다. 감사의 힘을 가르쳐주신 대표님, 감사 덕분에 제 삶이 풍요로워지고 아름다워졌습니다. 김용환 대표님! 그립습니다! 감사합니다!

# 15

# 무에서 유를 창조하는
# 김용환 대표

**정철화**
영성경영연구소 소장
감사나눔연구원 이사

**김용환 대표님과 나눈 잊을 수 없는 이야기**

　김용환 대표님이 감사나눔신문 5매를 들고 여의도 저의 연구실을 방문하였습니다.

　제이미크론 황재익 대표님에게서 소개받았다고 하면서 "제이미크론과 같은 회사를 많이 만들어서 대한민국의 희망이 되게 하겠습니다. 함께 감사를 기반으로 하는 행복경영 드러내기 경영Visual Management, VM을 전파해 보자"고 했지만 드러내기 행복경영 VM을 10개사 이상 지도하고 있던 시기라서 시간이 없다고 거절했습니다. 그런데 또다시 찾아와서 "혼자 가면 빨리 가지만 멀리는 못 가신다"는 말을 듣고 감사나눔신문의 발간 취지에 대해 귀를 기울이고 듣게 되었습니다.

"감사나눔신문의 3가지 모토는 고마워요 당신에게, 고마워요 세상에게, 고마워요 나에게입니다. 감사의 나눔을 통해 개인과 조직의 행복과 효율 증대를 지향하는 대한민국의 '희망 지렛대'가 되는 것이 목적입니다"라는 말을 듣는 순간 드러내기 행복경영 VM이 추구하는 내용과 일치된다는 것을 알고 깜짝 놀랐습니다.

두 사람이 손잡고 함께 기도했습니다. "하나님, 이 대한민국을 감사를 기반으로 하여 드러내기 경영으로 행복세상을 만들게 하소서." 그 후에 TBVM 리더 양성 MBA 과정을 제갈정웅 이사장님과 함께 개발하여 전문가를 양성했습니다. 함께 교육과정을 운영하면서 TBVM 과정이 정상, 평지, 골짜기에 나뉘어 살고 있는 이 땅의 모든 사람들에게 행복한 삶의 소중한 지침이므로 최선을 다해 보급하였습니다. TBVM을 통해서 정상에 있는 사람이 오만하지 않고, 골짜기에 있는 사람이 비굴하지 않을 수 있기를 바라며 17기 과정까지 운영하여 전문가를 양성하였습니다.

### 김용환 대표님에 대해 느낀 점

무에서 유를 창조하시는 멋진 분이십니다. 1. 교도소 긍정신문 공급 2. 군부대 긍정신문 공급 3. 직장에 긍정신문 공급 4. ESG경영 홍익경영 방법론 보급 등을 이루어 내는 과정에서 수많은 벽에 부딪혔지만 물러서지 않는 불굴의 정신을 가진 분입니다.

"내게 능력 주시는 자 안에서 내가 모든 것을 할 수 있느니라"라는 빌립보서 4장 13절 말씀이 이루어지도록 금식하면서 하나님께 매달리어 항상 이루어 내시는 모습을 보면 감동을 주는 멋진 분입니다. 그리고 7시 반이 되면 눈이 오나 비가 오나 관계없이 전화로 긍정을 전해주는 믿음의 용사가 함께 있어서 포기하지 않고 물러서지 않고 절망하지 않고 희망의 밧줄을 붙드는 계기도 만들어 주신 분입니다.

## 김용환 대표님을 통해 받은 영감

"여호와께서 그들에게 이르시기를 너희 말이 내 귀에 들리는 대로 내가 행하리라민수기 14장 28절"라는 말씀을 실천하여 하나님에게 감사를 통해 긍정 기도를 하시는 분이었습니다. 불가능은 없는 것이고 시간이 걸리는 어려운 일이라고 생각하며 무한한 가능성에 도전하며 '불구함에도 감사'를 삶 속에 잘 실천한 분이었습니다. 코로나 19로 더이상 집합 교육이 이루어지지 않자 1주일 실습과정으로 전환하고 부산에 있는 연산메탈에서 교육을 지속하게 된 것도 불가능을 가능으로 바꾼 멋진 사례라고 사료됩니다.

그분은 천국에 계시지만 생명수 강을 마시고 생명나무 열매를 먹으며 질병에서 해방된 모습으로 오늘도 감사나눔신문의 보급을 위해 기도하고 있는 모습이 상상됩니다. 보고 싶고 참 감사한 멋쟁이이십니다.

감사나눔의 향기

# 16

# 사랑하는
# 김용환 대표님

**허남석**
남영코칭&컨설팅 회장
전 포스코DX 대표이사

전화 음성이 귀에 맴돌아 오늘은 무슨 소식이 있을까 궁금하던 차 서거하였다는 연락을 받고 믿기지 않았던 현실에 어안이 벙벙하였는데 어느덧 시간이 흘러 1주년이 다가오는군요.

내 인생의 영원한 동반자가 되어 함께 더 따뜻하고 행복한 사회를 구현하며 살기를 희망하였는데 이제 하늘나라에 계시는 김 대표님을 회상하며 지난 시절을 그려봅니다. 매사를 긍정적으로 바라보며 군부대나 교도소 그리고 기업체를 탐방하시며 감사나눔의 불씨들을 발견하고 기쁨과 감동의 메시지를 전해주시던 밝은 음성과 열정적인 모습이 아른거립니다.

우리가 2010년 처음 만나 함께 감사를 실천하고 기업에 접목하여 기업문화로 일군 성공 사례가 자랑스럽고 주마등처럼 스쳐 가는군요.

POSCON과 POSDATA 두 기업의 통합으로 이루어진 포스코ICT현 포스코DX 대표이사를 맡아, 먼저 물과 기름 같은 두 조직의 구성원들과 신뢰를 구축하며 긍정 마인드를 조성하는 것이 시급한 상황에서 손욱 회장님이 주창하는 행복나눔125를 기업에 실천 선포하였습니다. 물론 제가 먼저 매일 5감사를 실천하며 임원들의 참여를 코칭하고, 책임자까지 확산할 수 있었지만, 전 구성원의 자발적 참여를 유도하는 것이 관건이었습니다.

이 시점에 김용환 대표님이 행복나눔125를 구현하는 감사나눔신문을 창간하고, 저희 회사 감사나눔 활동을 마치 회사 신문처럼 다루어 우수사례를 소개해 주었고, 특히 임원들의 인터뷰를 통해 주인의식과 책임감을 갖도록 함으로써 1일 5감사 쓰기의 실행력을 제고할 수 있었습니다. 회사 사장인 저보다 더 많은 직원들을 만나 에너지를 불어넣어 주었고, 현장의 생생한 분위기를 접할 수 있어 주 1회 정도 만남이 기다려지곤 하였습니다.

이러한 노력으로 직원들의 언어와 표정들이 많이 바뀌어 가고 있었지만 기업에 최초 적용해 본 감사나눔 활동을 전

조직에 일상화하기에는 넘어야 할 산이 많았습니다. 특히 POSDATA는 경영진의 과다한 의욕으로 회사가 재정적으로 어려워져 포스코그룹에서 기업통합을 시켰지만, IT직원들의 경영진에 대한 불신은 좀처럼 개선되지 않아 위기의식을 느끼고 고민하는 저에게 김용환 대표께서는 1일 5감사도 제대로 실천하지 않는 직원들에게 100감사를 한번 작성해보게 하자는 기발한 제안을 해 주셨습니다.

 '궁즉통'의 자세로 전 직원 대상 2박 3일 가나안농군학교를 이용한 워크숍 시 3시간을 할애하여 감사나눔신문 주관으로 임원부터 솔선수범하여 전 직원 100감사를 써보게 하였더니, 전원이 참여하여 주로 어머니에게 100감사를 쓰면서 내재된 감사의 마인드를 일깨워 작성한 내용들을 공유하며 감동으로 이어졌고, 이 워크숍은 47회에 걸쳐 진행되며 좋은 사례들을 감사나눔신문에 게재하고 전 가정에 신문을 배포하여 가족들까지 동참하는 계기가 되었습니다.

 발상의 전환으로 시작한 100감사쓰기의 사례들을 책자로 만들어 사회에 배포하여 감사나눔의 새로운 이정표가 되어 이후 군부대, 교도소 및 기업체에 100감사쓰기의 원조가 되었습니다. 이어 직원들의 1일 5감사쓰기 일상화를 위해 10명 단위 1명씩 '감사 불씨'를 육성하는 데도 대표께서 주도적인 역할을 해주시어, 일과 시작 전 감사 불씨가 주관하는 감사사례 발표로 소통하고 배려하는 새로운 조직문화를 만들게 되어 매년 그룹에서 진단하는 행복지수가 포스코그룹 최하위에서 최고 수준으로 도약하는 기적을 기업통합 540일 만에 이룰 수 있었습니다.

이러한 성공 사례는 김용환 대표님의 긍정 마인드, 도전정신과 추진력이 바탕이 되었고, 손욱 회장님과 대표님 그리고 저와의 협업을 통한 시너지로 가능하였으며, 이어 포스코그룹, 삼성중공업, 군부대 및 교도소에 전파하여 큰 성과를 거두었고 더 행복한 사회를 만들고자 전국을 다니면서 동분서주하였는데 뜻을 이루지 못하고, 하느님의 부름을 받고 가신 지 어언 1주년이 다가오고 있습니다.

하루에도 일이 있으면 몇 번이고 전화를 하여 독려하시던 생전의 모습이 그리워지고, 아직도 전화가 걸려올 것 같은 착각을 하며, 무슨 말을 하실지 상상하며 스스로에게 더 건강관리 잘하고 감사를 일상화하여 주위에 선한 영향력을 발휘할 것을 다짐해 봅니다.

저의 인생에서 대표님을 만날 수 있었다는 것은 큰 행운이었고 인생 2막을 살아가는 데도 큰 힘이 되어주시어 감사합니다. 음악에는 소질이 없는 저에게 감사나눔신문 여의도 사무실에서 매주 토요일 진행하는 벨칸토 음악 교실에 함께하자는 제

안에 몇 번 거절하였지만, 진정성과 배려에 감동되어 참여하게 된 지 어언 5년이 되어 반복이 탁월함을 낳는다고, 이제는 매주 토요일이 기다려지고 가곡이나 아리아를 자신 있게 부를 수 있는 수준이 되었고, 폐 등 내장기능 활성화와 스트레스를 발산하게 되어 건강하고 행복한 삶을 유지하는 것도 대표님의 선물이라 생각되며, 저 세상에서도 들을 수 있게 발표회를 열어 보답하도록 하겠습니다.

함께하였던 행복했던 지난 시절 가슴에 새기며 대표님이 꿈꾸던 그런 사회가 되도록 밀알이 되어 열심히 살아가겠습니다.

# 17

# 감사나눔으로
# 행복한 회사를 만들어 주신
# 김용환 대표님

**황재익**
제이미크론 대표이사
감사나눔연구원 이사

김용환 대표님과의 만남은 하나님의 축복이었음을 지금 다시 감사한다.

회사가 어려워지며 내일을 고민하고 있을 때 손욱 회장님의 '감사나눔125' 강의를 듣고, 무언가 붙잡는 심정으로 감사운동을 하기로 마음먹게 됐다. 손욱 회장님을 통해 감사나눔신문을 알게 되었고, 그래서 제갈정웅 박사님을 모셔서 몇 차례 감사 강의를 듣게 되면서 김 대표님을 만나게 되었고, 그 후 대표님께서 여러 번 회사를 방문하시며 많은 정보와 가르침을 주셨다.

회사 간부들과 의논해서 'JM125제이미크론' 앱을 설치하여 전

직원이 매일 5개 이상 감사문을 올리기 시작했다. 회사가 어려워 앞이 안 보이는 상황에서 엉뚱하게 5감사문을 쓴다는 것을 이해하기 어려워하는 직원들이 있었다. 퇴사하는 직원도 있었다. 그러나 김 대표님 강의도 듣고 또 소개해 주시는 책들을 직원들과 함께 읽으며 점차 확신을 가지게 되어 지금까지 13년간 감사운동을 하게 되었다. 그동안 회사 간부들이 감사 나눔신문에서 주최하는 교육과정을 통해 감사의 힘을 배웠다. 회사 내에서 여러 종류의 이벤트를 진행한 결과 높아진 감사 에너지로 삶이 변화되면서 수많은 긍정적 효과를 만들어 내는 것을 임직원들이 목도할 수 있었다.

가장 내세울 수 있는 효과로 몇 년째 매일 100감사를 쓰는 간부가 탄생했고, 본인의 고질병인 두통이 사라지고 가족관계가 좋아졌다고 간증하고 있다. 또 누가 시킨 것도 아닌데 회사 내 공사대금을 1억 원 이상 절감한 여직원의 본을 따르는 모든 회사원들의 자발적 노력으로 회사 내 소비, 지출이 크게 감소되었다.

특히 매일 새벽 출근 시간보다 1시간 이상 일찍 회사 간부들이 스스로 모여서 7년여간 계속 생산 라인을 청소하고 장비들을 개선해 나가고 있는 사례도 있다. 이러는 사이에 정철화 박사님을 모시고 VM활동을 하게 되면서 생산 기술의 개선과 혁신이 이뤄지고, 그동안 그토록 회사를 괴롭혀왔던 불량문제가 해결되는 것을 보는 가운데 적자가 흑자로 돌아서는 기적을 맛보게 되었다. 이런 사실이 감사나눔신문을 통해 번져나가면서 전국에서 회사를 방문하시는 손님들의 발길이 지금까지 이어지고 있는 행복한 회사로 변하게 되었다.

감사나눔운동을 시작하면서 "감사랑5031초격화"라는 구호를 만들어 회사 내 모든 모임 전후에 크게 구호를 외치고 있다. 요즘 이런 구호 소리를 들을 때마다 그리고 회사를 방문해 감동받고 도전받았다고 말씀하시는 손님들의 말씀을 들을 때마다 '김용환 대표님' 생각이 난다.

김 대표님은 회사에 처음 오셔서 자신이 체험한 감사의 세계에 대해 간증해주셨다. 의사는 중증뇌성마비로 태어난 아들 이삭이가 6개월 정도밖에 생명을 유지할 수 없다고 진단했다. 그런데 섬기는 교회의 목사님이 아들 이삭이를 위해 매일 "감사합니다"를 1,000번씩 쉬지 말고 외치고 기도하라는 가르침에 순종했는데, 이러한 감사의 힘으로 이삭이가 13년이나 더 사는 기적과 같은 감사의 세계를 체험했고 이 세계를 온 나라 백성들에게 전파하기 위해 감사나눔운동을 더욱 열심히 하게 되었다고 말씀해 주셨다.

김 대표님은 신문사를 운영하시면서 온갖 어려운 사정에도 불구하고 14여 년간 뜨거운 사명감으로 쉼 없이 최선을 다하셨다. 김 대표님께서는 저희 같은 회사는 물론 대기업들과 학교, 군대와 교도소 등에 뿌리신 감사의 씨로 말미암아 수많은 백성들과 기관들 가운데 맺혀진 긍정의 열매인 행복한 나라를 만드시는 선각자이셨다.

김 대표님은 매우 적극적이고도 자상하신 분이셨다. 매일 아침 6시쯤에 전화를 걸어서 무언가 감사하다고 하시면서 회사를 칭찬해주시고 격려해주셨다. 그리고 아내에게 발 마사지 해주는 것을 나에게 배워서 본인도 아내와 아들에게 마사지를 해주고 있는데 그 결과 집안 분위기가 더욱 행복해졌음에 감사하다는 인사말을 언제나 빼지 않으셨다. 매일 같은 시간에 전화로 감사의 아침을 열어주셨다.

나는 김 대표님이 성경의 바울과 같은 인물이라는 생각을 하게 된다. 바울은 열렬한 율법의 수제자로 예수 믿는 성도들을 핍박했으나 예수님을 만난 후 변하여 십자가의 복음을 이방에 전파하시다가 순교하신 분이다. 바울 사도는 역사상 누구도 상상할 수 없는 고난과 역경과 죽음의 위협 속에서 예수 믿음만이 구원받아 영생을 누릴 수 있는 유일한 길임을 우상숭배로 찌든 여러 나라와 황제를 신으로 모시는 로마제국에 전파하시며 가는 곳마다 교회들을 세우고 '로마서'를 비롯한 13권의 신약을 저술하시어 열방의 성도들에게 예수님의 십자가 사랑과 영생의 길을 인도하시다 순교하심으로 오늘 우리들도 믿음의 삶을 살 수 있도록 복음 전파에 생명을 바치신 분이시다.

이와 같이 우리 김 대표님도 감사의 힘을 체험하신 후 남은 삶 전체를 우리나라 방방곡곡을 다니시며 수많은 역경을 무릅쓰고 감사전파에 전념하시다가 작고하시는 순간까지 쉼 없이 일하시고 점심시간이 지나서 조용히 하늘나라로 옮겨가신 그야말로 나라와 민족에게 감사의 힘을 전파하기 위해 제3의 인생 여정을 온전히 바치신 2000년 전의 바울에 비유될 삶을 사신 분이라는 생각을 하고 있다.

한 알의 밀알이 땅에 떨어져 썩어야 많은 열매를 맺듯 김 대표님의 땀과 피의 결과로 지금과 이후에 우리나라 곳곳에서 "감사합니다"로 행복한 삶을 살게 된 수많은 국민들이 김 대표님을 추모하며 "감사합니다" 하는 감사가 계속되리라 믿는다.

우리 회사를 감사의 세계로 인도해주신 감사나눔 관계자 여러분들에게 늘 감사하며 김용환 대표님이 감사의 세계를 체험한 후 감사나눔신문을 창간토록 하시고 사명을 완수케 하신 삼위일체 하나님께 감사드립니다.
그리고 하나님의 뜻에 따라 헌신하신 김용환 대표님께서 나

감사나눔의 향기

라와 민족을 위해 기업과 학교와 군대와 교도소에 감사운동을 펼치신 것 그리고 우리 회사의 비전 "세계에서 가장 행복한 회사"를 지금도 꿈꾸며 살아갈 수 있도록 우리 회사를 특별히 사랑해주신 김용환 대표님을 추모하며 지금도 감사하고 김 대표님께서 헌신하실 수 있도록 도우신 가족분들께 진정 감사를 올립니다.

제2장

—

# 회원 및 후원

# 감사를 가르쳐 주시고
# 감사의 길로 인도해 주신
# 김용환 사장님

**고종현**
현대모비스 책임매니저

사장님이 세상을 떠나신 후, 시간은 흘러갔지만 마음속 깊은 곳에 남겨진 그리움은 조금도 변하지 않았습니다. 당신은 저의 삶 속에 영원히 남아, 눈부신 햇살처럼 따뜻한 추억으로 남았습니다. 당신의 웃음, 당신의 목소리, 그리고 함께 나눈 순간들은 시간이 지나도 결코 잊혀지지 않습니다.

감사나눔신문사를 이끌며 우리 사회에 감사의 불씨를 불러 일으킨 사장님의 삶을 통해 저는 감사의 중요성을 배우고 실천하는 삶을 살게 되었습니다. 여기에 사장님과의 소중한 기억들을 몇 가지 회상하며 정리해 봅니다.

1. 3년 전 현대모비스 천안공장 사무실을 방문하셔서 저에게 처음으로 3감사 카톡방 '가족톡' 운영으로 변화된 아들에 대해 말할 수 있는 기회를 주셨습니다. 이는 단순한 대화 이상의 의미를 가졌습니다. 바로 신문에 기고할 테니 글을 작성해서 보내라는 말씀이셨습니다. 이 글을 시작으로 사장님과 저는 좀 더 가까워지기 시작했습니다. 아들의 성장과 발전으로 감사를 알아가는 가족의 모습에 감동을 느끼셨고, 사장님의 격려의 말씀은 저와 저희 가족 모두에게 큰 힘이 되었습니다.

2. 사장님은 매일 아침 저와 전화를 하시며 감사나눔에 대한 변화와 성장에 대해 의견을 나누셨습니다. 이러한 일상적인 대화는 제가 감사에 대해 더욱 알아갈 수 있게 변화를 이끌어 주셨습니다. 아마도 지금 생각해보면 이때 사장님의 가이드와 리딩이 아니었으면 이 정도로 감사에 대해 알 수 있는 제가 못 되었을 거라 생각합니다.

3. 하루는 추운 겨울에 천안에 한 번 오셨습니다. 추워서 장갑과 외투로 단단히 입었지만 단국대 호수를 돌며 산책을 하며 이런저런 대화를 나누었던 시간이 지금도 생생하게 기억이 납니다. 그날 사장님이 저를 만났을 때 너무도 반갑고 환하게 웃으시면서 껴안아 주신 따스함이 저한테는 감동이었습니다. 또한, 많은 대화를 나누었습니다. 저를 위로하고 격려해 주는

그 시간은 저에게 큰 도움이 되었고, 따스한 말씀은 큰 힘이 되었습니다.

4. 사장님은 감사나눔신문사에 버킷리스트 등을 기고하도록 격려하셔서, 저에게 가슴 한구석에 묻어 두었던 저의 꿈과 목표에 대해 다시 한번 생각해 볼 수 있는 계기를 마련해 주셨습니다. 너무도 가슴 벅찬 일이었습니다. 아직 저에게도 많은 하고 싶은 일이 있었다는 것을 깨우치게 해주신 일이었습니다.

5. 감사경영대학원에 입학하여 '아내를 위한 100감사'를 쓸 수 있도록 도와주신 사장님 덕분에, 아직도 저와 아내는 그 글들을 읽으며 감동을 받고 있습니다. 사장님의 이러한 배려는 저희 부부 관계에 긍정적인 변화를 가져다주었습니다. 며칠 전에 아내에게 준 100감사 프린트물을 다시 보고 아내가 "당신의 진정성이 여기저기 묻어난다고 하며 감사의 힘은 정말 대단한 것 같다"고 하였습니다.

6. 감사경영모임에 참석하여 감사경영의 중요성을 일깨워주신 사장님은 많은 경영인들에게도 본보기가 되셨습니다. 손욱 회장님, 강석진 회장님, 제갈정웅 이사장님과의 만남을 통해 감사를 통한 경영까지 일깨워주셨습니다.

7. 저에게도 기부를 할 수 있는 기회를 주셔서 대한민국 교

정시설과 군대에 감사나눔신문을 보내며 사회에 변화를 가져오는 데 일조할 수 있게 도와주셔서 감사합니다.

8. 사장님은 맨발 걷기를 몸소 실천하시며 건강을 유지할 수 있도록 도와주셨습니다. 산에서 찍은 사진들은 맨발 걷기를 계속 유지할 수 있도록 동기부여를 할 수 있게 일깨워주었습니다.

9. 가장 중요한 변화는 우리 가족의 집안 문화가 감사하는 삶으로 변화되게 초석을 심어 주셨습니다. 가족 카톡으로 저희 집안의 문화를 '매일 3감사에서 5감사로' 발전하게 하시고 아내와 아들, 딸이 존경하는 아버지로 변신하게 도와주셨습니다.

사장님께서 이루신 일은 이루 말할 수 없이 크며, 사장님의 큰 뜻을 이어받아 '나작지나부터, 작은 것부터, 지금부터'를 실천하는 삶을 살고, 감사를 통해 더 나은 세상을 만들기 위해 노력하도록 하겠습니다. 정말 보고 싶고 너무 감사합니다. 사랑합니다.

# '바보 참 어른'
# 김용환 대표님이
# 그립습니다

**김문영**
전 KPX케미칼 대표이사

김용환 대표님은 바보이셨습니다.

감사밖에 모르시는 바보!

한결같이 남을 배려하시는 바보!

감사나눔신문의 어려운 재정상태에 대해서는 다른 사람에게 피해를 주지 않으시고자 당신 혼자 고민을 끌어안고 계셨던 바보!

한결같이 다른 사람의 건강을 챙기시며, 정작 당신의 건강은 돌보지 못하신 바보!

그런 바보!

김용환 대표님이 그립습니다.

아침마다 전화를 주셔서 응원해 주셨습니다.

감사를 조금이나마 알게 해 주셨고, 덕분에 KPX케미칼 300여 임직원들의 95% 이상이 월 300감사 이상을 실천할 수 있게 해주셨습니다.

"너무 일찍 우리 곁을 떠나셨지만
어느 누구보다 좋으신 삶, 의미 있는 삶을 살으셨습니다.
아무리 주변을 둘러보아도 어른다운 어른을 찾아보기 힘든 시대.
바보 대표님께서는 참 어른의 모습을 보여주셨습니다.
바보이시자 참 어른이신 김용환 대표님이 가슴 아리게 그립습니다."

감사합니다.
감사합니다.
감사합니다.

# 03

## '이에야스'라는 별명을 가진
## 자랑스러운 친구
## 김용환 대표를 그리워하며

**김용욱**
몰입실천경영연구소 소장
전 감사나눔신문 편집위원

'이에야스.'

내가 김용환 사장에게 대학 시절에 붙여 준 별명이다. 둘이 대화할 때는 서로 별명을 부른다. 총학생회 선거 기간 중 나와 김용환 대표는 처음 만났다. 1학년 무역학과 과 대표라면서 어떤 학생이 후보자였던 나를 찾아왔다. 타 학과에 비해 입학 정원이 많은 무역학과는 선거에 영향력이 컸다.

빠르지 않은 차분한 말투로, 눈을 몇 번 껌뻑거리며 "무역학과 학생들의 주소록, 수첩 등이 당장 필요한데 만들어 줄 수 없냐?"고 요구했다. 임명제의 학도 호국단에서 총학생회로 넘어가는 첫 선거여서 총학생회 선거에 대한 정보가 부족한 상태였고, 준비된 선거 자금도 없었다. 그리고 적극적으로 지지하겠다는 것도 아니어서 이야기만 듣고 대화를 끝냈다.

며칠 후 김용환 과 대표는 또 찾아와서 같은 말을 하고 조용히 가버렸다. 한참 선거 준비로 바쁠 때 김용환 대표는 또다시 와서 이것저것을 묻더니 "선거 자금이 부족하겠지만 무역학과 학생들이 주소록 책자, 전체 수첩이 꼭 필요한데 만들어 줄 수 없냐?"고 뚝 한마디 던지고 특유의 진지한 표정을 짓고 가버렸다. 3번이나 찾아와서 재촉하거나 서두르지 않으면서도 무역학과를 위한 헌신적인 김용환 대표의 요구를 들어주지 않을 수 없었다. 마침 몇 분의 교수님들이 선거비를 찬조해 주셔서 김용환 대표의 요구를 들어줄 수 있었다.

선거가 끝난 후 1학년 김용환 대표와 3학년인 나는 나이가 같다는 것을 알게 되었고 자연스럽게 우린 친구가 되었다. 나는 김용환 대표에게 물었다.

"간혹 다른 과 대표들도 선거 때 찾아오는 경우가 있었지만, 관철될 때까지 3번이나 찾아 오는 경우는 없었다. 보통 사람들은 그렇게 하기 힘든데 무슨 철학이라도 있나?"

"나는 No라는 대답을 절대 두려워하지 않는다. No라고 거절하는 사람은 No라고 거절할 권리가 있고, 나는 다시 말할 권리가 있기에 나는 그것을 실천할 뿐이다."

No라고 거절해도 다시 말할 권리가 자신에게 있다는 철학을 가진 김용환 대표의 끈질긴 노력 덕분으로, 대학 당국의 사정상 모시기 힘든 덕망 있고 실력있는 교수님들을 무역학과에 모셔서 학장도 하기 힘든 일을 과 대표가 해냈다고 학생들과 교수님들에게 칭송을 받은 적도 있었다.

그 무렵 내가 재미있게 읽던 책은 일본 전국 시대 소설『대망』이었다. 대망에는 3명의 주요 등장 인물이 나오는데, 울지 않는 두견새를 어떻게 울릴 것인가? 3명의 답이 3인 3색이다. 성질이 급한 오다 노부나가는 "당장 새의 목을 친다", 간교한 지략가인 도요토미 히데요시는 "새를 잘 달래고 구슬려서 울도록 만든다", 무서운 참을성으로 기회를 기다리다가 기회가 오면 과감히 붙잡는 도쿠가와 이에야스는 "새가 울 때까지 기다린다"라고 했다. 결국 "새가 울 때까지 기다린다"라는 리더십을 가진 도쿠가와 이에야스가 통일 일본의 권력을 손에 쥐게 되는 일본 역사 소설이다.

김용환 대표와 교제의 시간과 폭이 깊어질수록 별명을 '도쿠가와 이에야스'로 참 잘 지어주었다고 내 스스로에게 감탄하기도 했다. 2010년 여의도에 감사나눔신문을 창간할 당시 많은 사람들이 고개를 갸우뚱했다. 일반 신문들도 지속적으로 운영하기 힘든데 감사를 주제로 어떻게 신문사를 유지해 나갈 수 있을지 회의적이었고, 김용환 대표가 생각을 잘못했다며 1년 안에 문을 닫을 거라고 우려했다.

하지만 그동안 김용환 대표를 곁에서 지켜본 사람들은 절대 포기하지 않고 묵묵히 될 때까지 문을 두드리고 또 두드리는 김용환 대표의 강점을 알기에 어떠한 일도 해낼 수 있을 거라고 확신을 했다. 기업, 군부대, 교도소에 감사를 전파하면서 여러 고비가 있었는데 김용환 대표는 성급함과 세련됨으로 승부하지 않고 〈새가 울 때까지 기다리는 리더십〉으로 벽을 넘어섰다.

초창기 감사나눔신문사에서 감사의 거장 김용환 대표와 함께할 수 있어서 참 행복했었다. 김용환 대표는 하늘나라에서도 감사운동이 필요하다면 감사운동을 하고 있을 것이다.

# 사랑과 감사,
# 베푸는 삶 자체이신 대표님

**문명선**
밀알나눔재단 마케팅위원장

화려하지 않아도 정결하게 사는 삶
가진 것이 적어도 감사하며 사는 삶
내게 주신 작은 힘 나눠주며 사는 삶

눈물 날 일 많지만 기도할 수 있는 것
억울한 일 많으나 주를 위해 참는 것
비록 짧은 작은 삶 주 뜻대로 사는 것
이것이 나의 삶의 행복이라오

세상은 알 수 없는 하나님 선물
하나님의 자녀로 살아가는 것
이것이 행복이라오

손경민 님의 '행복'이라는 찬양입니다. 이 찬양 가사처럼 감사나눔신문 김용환 대표님이자 저의 대학 선배님이신 그분은 정결하게 감사하며 나눠주며 기도하며 참으며 하나님의 자녀로 살다 가셨습니다.

2015년쯤이었습니다. 암 투병 후 정지환 당시 감사나눔신문 편집국장을 통해 감사 세미나장에서 선배님과 인사를 나누었을 때 내 건강을 걱정하며 우이당 선생님의 건강 프로그램을 추천해주셨습니다. 남편인 지승원 씨와 나는 부지런히 백상빌딩을 찾았고, 감사나눔 지인들과 속리산 야유회도 함께하고 토요 등산모임도 자주 가졌지요.

우리 부부가 이사를 하게 되고 제가 밀알재단에서 마케팅위원장으로 일하게 돼 참석을 못 하게 되었을 때도 항상 먼저 전화 주시고, 서울시립대 언론인회 모임을 코로나 시기라 외부에서 못 하게 되었을 때 부탁을 드리자, 좋은 일 한다며 선뜻 장소를 내주시기도 하셨습니다. 장소사용료 드린다고 하자 저녁 식사를 사주시며 교도소에 감사나눔신문을 보내달라고만 하셨을 정도로 그분은 사랑과 감사를 베푸는 것이 삶 자체이셨습니다.

참 귀한 인연이고 감사한 분이신데 영정사진으로 뵙는 마음이 착잡하기만 해서 이 글을 쓰고 있나 봅니다. 또한, 호영미 선생님을 비롯해 그분으로 인해 알게 된 많은 분들을 장례식장에서 인사 나누었는데, 마지막 가시는 순간까지 사랑하는 사람들을 만나게 해주시는 사명자로서의 대표님이 절절히 느껴졌습니다. 귀한 사람 천국에서 더 크게 사용하시려 하나님이 빨리 데려가셨나 봅니다.

기자 실력 발휘해 감사나눔신문에 좋은 글 많이 써달라던 부탁을 생전에는 못 하고 이렇게 늦은 감사편지로 올리게 됨이 송구하기만 합니다.

당신이 하나님의 선물이셨습니다. 감사합니다. 많이 사랑해 주시고 받은 것은 많은데 항상 부족하기만 했던 못난 후배가 인사드립니다.

# 05

# 대표님의 인자한 미소가
# 그리운 날에

**박연숙**
도서출판 비채나 대표

선천성 희귀 질환인 코넬리아드랑게증후군을 갖고 태어난 아들 창성이를 키우면서 세상을 보는 눈이 많이 달라졌다. 삶에 감사가 아닌 것이 없다는 것을 그제야 깨달았다. 밥을 먹는 것도, 걷는 것도, 울고 웃는 것도, 말하고 듣는 것도…. 창성이가 힘겨워했던 그 모든 것을 우린 너무 쉽게 시작하고 해냈기에 누구나 다 그런 줄 알고 살았지만 그렇지 않다는 것을 절절히 경험한 16년. 이제 창성이는 곁에 없지만 나에게 '모든 일에 감사하기'라는 보물을 안겨주었다.

창성이를 키우면서 한 출판사에 다녔었다. 힘이 들긴 했지만 여러 가지로 배려해주시는 사장님 덕분에 창성이 치료를 위해

병원에 다니면서도 일을 할 수 있었다. 그 출판사에서 한때 일하셨던 김서정 작가님 덕분에 감사나눔신문을 알게 되었다. 창성이를 키우는 사연을 듣고 본인이 기자로 일하고 있는 그 신문에 몇 회에 걸쳐 글을 올려보면 어떻겠냐고 제안하셨다.

창성이를 키우면서 경험한 소소한 깨달음이지만 많은 이들과 나누면 더 좋을 것 같은 생각에 허락했고 2017년에 한 달에 한 번씩 10회 정도 기고를 했었다. 2022년에는 다니던 출판사를 그만두고 창성이 이야기를 묶어보리라 결심했다. 감사나눔신문에 기고한 글들과 블로그를 운영하면서 썼던 글을 중심으로 해서 2022년 겨울에 『오늘도 감사의 숲을 걷습니다』라는 책을 발간했다. 부제는 '코넬리아드랑게증후군을 가진 창성이에게 일어난 감사의 기적'이다. 창성이를 키우며 경험했던 크고 작은 일들을 어떻게 감사로 이겨나갔는지 담아보았다. 판매를 위해서라기보다는 내 이야기를 지인들과 나누고 싶어서 있는 힘을 다해 책을 출간했다.

오랜만에 감사나눔신문 이춘선 국장님에게 연락해서 책을 나누고 싶은 마음을 전했고 그렇게 이 책은 김용환 대표님의 손에까지 이르게 되었다. 대표님이 책을 읽고 큰 감명을 받았다고 하셔서 책을 군부대나 교도소에 기부하고 싶은 마음을 밝혔고 대표님은 흔쾌히 받아주셨다. 어쩌면 감사하기 제일

어려운 곳이 교도소에 계신 분들이 아닐까 싶어서 내 책이 도움이 되었으면 하는 작은 바람을 가졌기 때문이다.

2023년 4월, 대표님이 사무실로 초대해주셨다. 대표님과의 만남은 길지 않았지만 장애가 있는 아이를 키웠던 공통된 경험 때문인지 이내 마음이 통했다. 대표님의 아들 이삭이를 통해 걷기 시작한 감사의 길에 많은 이들이 동참했고 그들의 삶을 바꾸어놓았음을 알게 되었다. 그가 선택한 감사는 처절한 고통 속에서 피어난 꽃이었고 열매였다. 감사하지 않으면 한 순간도 살 수 없는 고통스러운 삶, 그 길에서 배운 인내와 겸손과 사랑이 얼마나 우리를 다듬었는지, 그의 얼굴만 봐도 알 수 있었다.

장애가 있는 아이 돌보느라 힘들겠다며 내 건강까지 마음 써주셔서 또 얼마나 감사했는지. 사무실에는 감사공모전에 참가하기 위해 전국 교도소에서 날아온 감사의 글들이 빼곡히 자리하고 있었다. 글을 읽어보는 것을 허락해주셔서 몇 편의 글을 읽어보았다. 교도소에서의 참회와 감사는 가슴 저 밑바닥으로부터 올라오는 부르짖음이었고 삶을 향한 절규 같았다. 비록 한때의 실수로 수감되었지만 다시금 사람다운 길을 걷고 싶은 갈망이 감사로 분출되고 있음을 가슴 깊이 느낄 수 있었다. 이러한 운동을 시작하고 이끌어가시는 대표님을 존경하지 않을 수 없었다. 사무실을 나오기 전, 방명록에 다음과 같은 글을 남겼다.

"감사나눔 공모전에 참여한 작품들을 살펴보며 탄성이 저절로 나왔습니다. 감사를 글로 남긴 한 사람, 한 사람의 삶을 마음 깊이 응원하게 되었습니다. 감사에 인색해진 저의 삶을 돌아보며 내 죄가 더 큰 것은 아닐까 하는 생각마저 들었습니다. 지금 감사하는 사람이 진짜 자유로운 사람일 거라고 생각해봅니다. 이곳에 초대해준 김용환 대표님께 진심으로 감사드리고 대표님의 사역을 계속 지지하겠습니다. 더 많은 사람의 삶을 감사로 변화시키며 세상을 좀 더 나은 곳으로 바꾸어갈 대표님에게 응원의 박수를 보냅니다."

그러고 나서 몇 달 후 대표님의 소천 소식을 들었다.
'아, 하나님께서 우리에게 꼭 필요하신 분을 어찌 이리 빨리 데려가셨는지….' 참담한 마음 그지없었다. 원망이 머리를 들려고 하는 순간, 대표님이 평생을 외치던 감사를 생각했다. 대표님이 그토록 바라던 감사의 삶, 어떤 순간에도 원망과 불평에 자리를 내주지 않기를 바라실 것을 잘 알기에 감사의 문을 두드렸다. 이 땅의 수고를 그치고 평안의 길을 가게 하심을 감사합니다. 그 뜻을 이어갈 든든한 동역자들이 남아 있음을 감사합니다. 대표님을 기억하며 감사로 자신을 물들여갈 사람들

감사나눔의 향기

이 셀 수 없이 많음을 감사합니다. 무엇보다 내 삶에 감사를 새겨주셨음을 감사합니다.

　며칠 전, 내 사랑하는 아들 창성이도 열여섯 짧은 생을 마감하고 대표님과 그 아들 이삭이와 같은 길을 갔다. 이제 이 땅에서는 볼 수 없지만 언젠가 꼭 다시 만날 수 있을 거라는 간절한 소망을 남기고 떠났다. 창성이가 대표님과 이삭이를 만났을지 모르겠다. 대표님이 남기고 간 사랑과 우정을 오래도록 기억하며 언제나 감사가 내 삶을 인도하도록 할 것을 약속해본다. 감사가 인도하는 그 길을 따라 한 걸음 한 걸음 걷다 보면 사랑하는 아들과 대표님도 만날 날이 오겠지.

# 06

# 절절포never never give up와
# 감사나눔은
# 최고의 정신무기다

**서정열**
제31대 육군3사관학교 학교장(소장)

"감사합니다. 자랑스러운 태극기를 심장에 품고 살게 해준 나의 조국 대한민국에 감사합니다. 당신의 자랑스러운 아들로 태어나 무수히 많은 사랑을 받고 내 손으로 내 나라를 지킬 기회를 주신 사랑하는 부모님께 감사합니다. (…중략…) 당신들의 마음을 이어받아 이 나라는 반드시 내가 지켜 보이겠습니다."

7사단 '감사나눔 페스티벌'에서 오으뜸 이병이 직접 지은 '감사'라는 시를 낭독하여 참석한 700여 명의 장병과 가족들을 감동케 했다. 강원도 화천 최전방에서 '감사나눔'이라는 훈훈한 행복의 파동에 대한 기억과 5가지 감사쓰기를 더 발전시켜 감사 페스티벌 형태의 감사나눔 활동을 최초로 시행하여 전군,

전국에 전파한 기억이 있다.

오래전부터 '감사나눔운동'에 대한 관심을 가져오다가 2012년 3포병 여단장으로 취임하면서 손욱 회장님이 시작한 '행복나눔125운동'을 병영에 적용했다. 그때 가장 활발하게 활동하시고 군에 감사나눔의 영향을 주신 김용환 대표님을 처음 만났다. 유지미 기자와 이춘선 기자도 다 함께 감사나눔125 운동을 군부대에서 최초로 시행한 시기부터 군부대에서 참여하여 활동하도록 홍보했다.

병영에서 감사의 힘은 컸다. 여단장으로 재임하여 성과 있는 임무 수행을 했고, 이것은 여단 전 장병이 사소한 것 하나에도 감사하고 서로의 마음을 나누면서 감사가 부대로 스며들었고 깨어진 가정이 회복되기도 했다. 대한민국 대표사단 상승 칠성부대와 육군3사관학교에서도 감사의 행복 나눔을 이어갔다.

감사는 자기 자신을 돌아보게 하고 스스로의 삶을 의미 있게 만든다. 감사는 자존감을 키우는 기본이다. 감사나눔을 생활화하기 위해서는 감사를 직접 체험해야 한다. 매일 매일 체험하지 않고 "적당히 하다 보면 되겠지"하는 마음으로는 제대로 감사할 수 없다. 감사는 생활 속 사소한 것들부터 감사하는 것이며 나 스스로 감사한 것을 찾고 그 감사한 것을 나누는 것이다. 이렇게 생활 곳곳에서 늘 감사를 찾고 긍정적 마인드를 갖게 되면 아무리 힘들고 어려운 상황이 되어도 포기하지 않는 삶을 살 수 있다. 나의 모토인 "절대 절대 포기하지 말자!절절포" 역시 감사나눔운동과 연결되어 함께 이어져 있다. 특히 군에서 감사나눔과 포기하지 않는 '절절포 정신'은 더욱 중요하다.

군 생활을 통해 조국과 부모님에 대한 감사함을 알게 되고 그 은혜에 보답해야 한다는 생각과 자기 자신을 포기하지 않는 마음을 갖게 된다면 정말 가치 있는 시간이 될 것이다. 또한, 전우를 위한 감사나눔은 목숨을 걸고 싸우는 전쟁터에서 더욱 큰 힘이 되기에 그 어떤 첨단무기보다 강한 전투력을 발휘할 것이다.

병영에서 감사나눔을 실천하고 체험하기 위해 매일 감사노트를 작성하여 일일 5감사 발표를 하고 부모님께 100감사 편지쓰기를 참여하게 했다. 특히 이제 군 생활을 시작하는 신병들에게 교육 기간 중 100감사 편지를 쓰게 한 뒤 수료식에서 부모님께 전달함으로써 신병들은 부모님에 대한 감사와 군 생활의 다짐을, 부모님은 자식에 대한 고마움과 믿음을 확인하는 감동의 시간이 되었다. 감사나눔의 자발적 참여와 확장을 위해 적절한 포상으로 동기를 유발하고, 사단장부터 말단부대 용사들에 이르기까지 항상 소통하고 공감하기 위한 홈페이지를 개설하여 다양한 콘텐츠를 공유했다.

또한, 북카페Book Cafe 설치와 독서 경연대회 등 감사의 수준을 높이고 성숙하게 만드는 독서를 활성화하여 자신의 목표를 구체화하고 목표달성을 위한 자기계발 시간을 갖도록 권장했다. 이와 더불어 장병들이 군 생활 동안 돈을 함부로 쓰지 않고 저축하여 전역 후 자기계발을 위해 쓰길 바라면서 꿈을 이루는 씨앗의 상징적 의미로 1달러와 2달러의 지폐를 나눠주고 있으며, '1달러의 꿈'Dream of One dollar, 2달러의 비전을 키워 세계로 나아가 대한민국 대표 리더로 성장해 주길 바라는 희망의 메시지를 전했다.

감사나눔운동을 시작할 때 많은 장병들은 감사의 대상 찾기를 어려워하고 어색해했다. 먼저 아내와 자녀, 그리고 친한 동료에게서 감사를 찾았으나 시간이 지나면서 감사의 대상은 넓어지고 내용은 더욱 구체화 되었다. 위병소에서 웃어주며 인사하는 용사에게 감사하고, 따뜻한 식사를 마련해 주는 취사병에게 감사했다. 또 자신이 남을 도울 수 있다는 것에 감사했다.

이렇게 시작된 작은 변화는 가시적인 성과로도 나타났다. 감사나눔을 대외적으로 실천하는 사회봉사시간 519,000시간 달성과 대학 원격강좌 수강 신청은 전군 최고였고, 검정고시 응시하여 합격한 인원이 261명, 독후감 경연 참여 등 병영 생활전반에 걸쳐 다양한 변화를 가져와 병영문화혁신 최우수부대로 선정 되고 육군참모총장 부대 표창을 수상하기도 했다.

감사나눔은 행복한 병영을 만드는 가장 효과적인 방법이며 전투력이 강한 부대를 육성하기 위한 지름길이다. 칭찬과 감사로 활기찬 하루 일과를 시작하고, 모든 것이 당연한 것이 아니라 타인의 노력이 동반된다는 것을 깨달아 감사 인사를 나눔으로써 밝은 언어문화를 만들 수 있다. 또한, 남을 배려하는 마음의 실천과 독서의 생활화, 자원봉사 등은 건전한 민주시민의식을 함양시키며, 감사의 긍정 에너지는 군 복무 기간 중 무엇인가를 얻을 수 있다는 자발적 의지와 기대, 그리고 어떤 시련에도 절대 포기하지 않는 열정을 갖게 한다.

이렇게 감사나눔으로 다져진 상하 관계와 전우애는 싸워 이길 수 있다는 자신감으로 이어져 장병들의 강력한 정신 무기가 되는 것이다. 감사의 행복나눔이 우리의 가정과 사무실 그리고 교육훈련 현장 등 병영 생활 곳곳에서 넘쳐난다면 우리 군은 절절포 정신과 '감사정신'이라는 강한 무형전력을 갖추고 승리하는 전투에 임하게 될 것이다. 이러한 감사와 절절포 정신과 함께 행복의 파동이 대한민국 국민 모두에게 이어지기를 소망한다. 이럴 때는 더욱 김용환 대표가 생각이 난다.

# 07

# 감사운동의 밭을 일구고
# 스스로 씨앗이 되어 떠나신
# 김용환 대표님을 그리며

**소풍(소흥섭)**
시인
동기부여강사

저것은 벽

어쩔 수 없는 벽이라고 우리가 느낄 때

그때

담쟁이는 말없이 그 벽을 오른다

물 한 방울 없고 씨앗 한 톨 살아남을 수 없는

저것은 절망의 벽이라고 말할 때

담쟁이는 서두르지 않고 앞으로 나아간다

한 뼘이라도 꼭 여럿이 함께 손을 잡고 올라간다

푸르게 절망을 다 덮을 때까지

바로 그 절망을 다잡고 놓지 않는다

저것은 넘을 수 없는 벽이라고 고개를 떨구고 있을 때

담쟁이 잎 하나는 담쟁이 잎 수천 개를 이끌고

결국 그 벽을 넘는다

- 도종환 시인의 詩 담쟁이 전문

이 새벽 비가 내린다.

언제나처럼 오늘도 우주는 운행 중이고 나는 그 중심에 있다.

나를 중심으로 운행되는 우주,

2010년경 대한민국에 감사운동이 운행되기 시작했다. 담쟁이 시詩처럼 암묵적으로 '저것은 벽'이라고 여겨지던 감사운동이었다. 담쟁이 잎 하나가 담쟁이 잎 수천 개를 이끌고 결국 그 벽을 넘듯이 스스로 담쟁이 잎이 되어 무수한 감사 담쟁이 잎을 이끌고 결국 그 벽을 넘었던 그가 생각난다.


시도 때도 없이 전화를 걸어와 "존경하는 소풍 작가님, 오늘은 이러이러한 일이 있어 참 감사한 하루였습니다. 지금은 어디로 이동하는 중인데 소풍 작가님이 생각나 전화를 드렸습니다. 소풍 작가님은 참으로 대단하신 분이십니다. …"

이렇듯 끝없이 상대방은 칭찬하고 감사 의식을 북돋우고서야 전화를 끊으시던 분이셨다. 새벽부터 늦은 밤까지 때를 가

감사나눔의 향기

리지 않고 감사운동을 실천하시던 그 모습이 선연하다.

지구가 둥글다는데 내가 서 있는 자리는 평평하기만 하다. 위태로움을 전혀 느끼지 못한다. 내가 딛고 있는 자리도 건물도 위태롭지 않게 여기며 또 한 해를 넘겼다. 감사를 하지 않아도 지장이 없을 듯한 일상의 평안함이 실은 위태로움임을 누구보다 먼저 깨닫고 실천하신 선각자이셨다. 감사로 가정을 바꾸고 사회를 바꾸고 국가를 바꾸고 세계를 바꿀 수 있다고 확신하며, 감사의 대척점에 자리할 듯한 교도소를 뜨거운 감사의 원천으로 삼아 세계적인 교정문화의 씨앗이 될 '만델라 프로젝트'를 펼친 분이셨다.


수용자들과 교도관들의 감사일기를 읽을 때마다 가슴이 뜨거워지고 절로 눈시울이 붉어지며 부끄러운 마음을 감출 수 없었다. 순수하고 농 깊은 감사는 일반인들의 상상을 훨씬 뛰어넘는다. 감사운동 성과를 체험하는 벤치마킹 현장기업, 가정에 있을 때마다 혼자만 체험하는 게 너무 안타깝다는 생각이 들곤 했다.

지난해 7월 믿어지지 않는 비보에 우리는 모두 망연자실했다. 언제나처럼 우리 곁에서 감사운동의 선봉에 서 있을 것 같았던 그였기에 황당한 현실이 믿어지지 않았다. 어언 1년이 다 되어가는 시점에 그를 돌아 본다.

'호랑이는 죽어서 가죽을 남기고 사람은 죽어서 이름을 남긴다'는 속담이 태산처럼 다가온다.

밤하늘을 올려다 본다.

저 빛나는 별 중 하나일 김용환 대표님을 그리며 그가 뿌린 감사의 씨앗이 무성한 숲으로 성장하길 소망하고 기도 드린다.

# 감사나눔으로 맺은
# 소중한 인연에 감사드리며

**유영주**
행복나눔125 사무총장

　어느 햇빛 좋은 날 신문사를 방문하니 대표님이 환하게 웃으시며 반갑게 맞이해 주셨습니다.

　"안녕하세요. 김용환 대표님!"

　"유영주 선생님! 안녕하세요. 별일 없지요? 감사나눔 강의도 열심히 하고 있고요?"

　"네."

　"감사나눔을 전국으로 열심히 전파하고 다니니, 건강도 잘 챙겨야 합니다."

　"네네~ 대표님 감사합니다. 대표님도 건강 잘 챙기세요."

　"그래요, 함께 건강 잘 챙깁시다. 감사합니다."

얼굴 마주칠 때마다 먼저 나의 안부를 물어보시던 김 대표님.

행복나눔125 지도자과정에서 처음으로 진행하는 '감사 테라피'를 보시고 참여자가 즐겁고 행복한 강의라며 엄지척 칭찬을 해주시던 김 대표님.

목 건강 잘 챙기며, 감기 조심하라고 소금 선물 챙겨주신 김 대표님.

한 켠에 자리 잡은 건강관리실을 소개해 주시고, 시간 나면 이용하고 건강 지키라고 일러주신 김 대표님.

지방 강의 동행하면 함께 일일 감사 릴레이를 하며 하루를 감사로 마무리하도록 이끌어 주신 김 대표님. 감사합니다.


곰곰이 생각하니 대표님과의 따뜻한 추억이 참으로 많습니다. 감사로 맺은 소중한 인연인데 좀 더 자주 찾아뵙고 감사 인사 드렸어야 하는데 하면서 후회가 되기도 합니다. 김용환 대표님은 감사의 중요성을 인식하여 감사 가득 충만한 마음으로 일상을 살아가시며, 우리 사회에 크고 작은 변화를 가져왔습니다.

감사나눔이 우리에게 행복의 근원이자 미덕의 길임을 알려 주었으며, 가정부터 직장, 사회에, 행복나눔125의 홍익인간 정신에 맞는 '모두가 행복한 세상'을 만들기 위한 노력을 함께 하셨습니다.

감사나눔의 향기

기업, 군부대, 그리고 교도소까지 우리 사회 곳곳에 감사의 씨앗을 뿌리며, 감사문화를 정착시키는 데 기여하신 김 대표님. 14년 동안 대표님이 키워낸 감사의 꽃은 대표님의 헌신과 사랑에 대한 감사함을 다시 느끼게 합니다.

김용환 대표님의 추모를 통해 더 나은 세상을 위해 행동하고, 감사의 마음을 실천해야 한다는 것을 깨닫게 됩니다. 행복한 세상을 향해 대표님과 함께했던 추억을 기리며, 주변의 모든 사람들과 일상 속에서 감사의 마음을 실천하고 행복나눔125 감사나눔 동행인들과 그 정신을 전국적으로 펼쳐 나아갈 것입니다.

대표님의 따뜻한 미소와 목소리는 마음속에 영원히 기억될 것입니다. 감사합니다.

# 기적을 몰고 다니는
# 사나이

**유지미**
전 감사나눔신문 기자

벌써 1년. 시간은 흐르고, 슬픔은 흐려졌는데 그날의 기억만
은 선명하다.

故 김용환 사장님의 부고 소식을 들은 다음 날 새벽이었다.
아직 해가 뜨기 전 어둑한 방 안에 앉아 미처 털어놓지 못한
마음을 담아서 붙이지 않을 편지 한 통을 썼다.

그날은 천둥 번개를 동반한 비가 내렸고, 호우경보와 안전 안
내 문자로 핸드폰도 요란하게 울던 날이었다. 더럭 겁이 났다.
'가는 도중에 산사태를 만나면 어쩌지? 빗길에 사고라도 나면
어쩌지? 버스 운영이 중단되어 집에 돌아오지 못하게 되면 어
쩌지?' 일어나지도 않은 일에 대한 걱정으로 머뭇거리는 사이

어느덧 버스 시간이 다가오고 있었다. '외출 자제'라는 핸드폰 안내 메시지를 바라보고 있는데 문득 그의 얼굴이 떠올랐다.

이내 나는 쏟아지는 비를 뚫고 발걸음을 옮겼다. 분명 그도 그렇게 했을 것이다. 내가 아는 그는 일어나지도 않은 미래에 대한 두려움 때문에 지금 당장 해야 할 일을 미루는 사람이 아니었다. 내가 아는 그는 폭풍 속에서 무지개를 보는 사람이었다. 그랬던 그가 이제는 하늘의 무지개가 되어 이 세상을 떠났다니 믿어지지 않았다.

나는 그를 따라 대한민국 곳곳을 누비며 감사를 전했고, 식당이며 결혼식장, 심지어 장례식장에서도 감사카드를 작성했다. 그리고 그날 그의 장례식장에서 아주 오랜만에 감사카드를 봤다. 그러나 나는 감사카드를 작성하지 않았다. 새벽에 남몰래 끄적거린 마음을 공유하고 싶지 않아서였다.

그러나 그가 어떤 사람이던가. 수십 번의 거절에도 불구하고 결국은 '오케이'를 받아내는 집념과 끈기를 가진 사람 아니던가. 그리하여 '할 수 없다'라는 거절에도 불구하고 엄마에게 100감사를 쓰도록 설득하여 결국 『100감사로 행복해진 지미 이야기』를 탄생 시킨 사람이었다. 그랬던 그가 나의 은밀한 편지를 그냥 두고 볼 리 없었다. 1년이 지나 추모 글을 써달라는 요청을 받았을 때 나는 '오케이'를 할 수밖에 없었다. 그리고 차마 공개하지 못했던 그날의 진심을 이렇게나마 전하기로 했다.

### 〈소중한 당신에게 보내는 추모의 편지〉

"내가 아는 사람을 통틀어 당신은 가장 비현실적이고, 가장 무모하며, 가장 엉뚱하고, 가장 용감한 사람이었습니다.

당신은 '밥 값도 못 하는 사람은 내보내야 한다'라는 직원들의 말에도 저를 내보내지 않았고, '위험 부담이 너무 크다'라는 직원들의 만류에도 경력도 경험도 없는 저를 강사 자리에 앉히셨죠.

당신을 존경했고, 대단하다 추앙하는 한편 마음 한 켠 터무니없이 큰 꿈만 꾼다며 당신을 비난하고 조롱했던 순간들을 용서해주세요. 그때의 나는 나의 세계 안에서만 당신을 이해하려고 했습니다. 마치 내가 당신보다 더 잘 알고, 더 옳다는 듯 당신 앞에서 무례하고 오만하게 굴었습니다.

그런 싸가지, 날라리 직원이었음에도 불구하고 저를 믿어주고, 응원해 주었던 당신의 한결같은 사랑을 기억합니다. 그리고 터무니없어 보였던 그 꿈이 현실로 이루어지던 기적 같던 순간의 감동을 기억합니다. 사람을 향한 조건 없는 사랑이 사람의 삶을 어떻게 변화시킬 수 있는지 사랑의 힘을 보여주셔서

감사나눔의 향기

감사합니다. 믿음은 눈앞의 현실을 보는 것이 아니라 그 너머의 진실을 보는 것임을 삶으로 경험시켜 주셔서 감사합니다. 그 순간들을 함께할 수 있어 영광이었습니다.

당신의 육신은 세상에 없지만, 당신과의 추억이 내 기억 속에 고스란히 남아 있듯 당신이 뿌린 감사의 씨앗은 누군가의 삶 속에 계속 살아 숨 쉴 것입니다. 당신이 보여준 사랑과 믿음과 감사의 힘을 기억하며 살겠습니다."

신기한 건 그의 장례식장으로 향하던 그날,
분명 택시를 타기 전까지만 해도 땅에 구멍이 날 것처럼 비가 쏟아졌는데, 버스 터미널에 도착해 택시에서 내릴 때에는 우산이 필요 없어졌다는 것이다. 고작 20여 분도 안 되는 시간 동안 거짓말처럼 비가 그친 것이다. 택시를 탈 때는 차가운 비바람을 맞았는데 택시에서 내릴 때는 따스한 햇살이 느껴졌다. 그리고 버스 타고 서울로 올라가는 도중 한 동네 사는 지인이 하늘에 무지개가 떴다며 쌍무지개 사진을 보내왔다.

사는 동안 기적을 몰고 다니던 그는 그렇게 죽는 날까지도 기적 같은 기억을 남겼다.

# 소중한 김용환 사장님을 회고하며
# 감사 글을 올립니다

**이승주**
전 포스코DX 전무

2023년 7월 11일 화요일 3시경 저세상으로 홀연히 떠나가신 김 사장님!

마지막 지구에서 떠나시기 66시간 전 토요일 저녁 늦게 9시경 학교운동장에서 맨발걷기 하고 있는데, 사장님께서 전화를 주셔서 평소대로 오랫동안 통화했지요. 그날은 특별히 저의 집사람이 암투병 중으로 간병을 하고 있던 차에 김 사장님 자신이 손으로 배를 몇백 번 문지르니 나았다고 하면서, 집사람 배를 몇백 번 몇천 번 해주라고 신신당부하면서 꼭 해주면 나을 수 있다고 확신을 주셨습니다. 20분 가까이 통화하면서 집사람 병 걱정을 해주시고 치료비법까지 알려주시어 그 후 배와 발 마사지를 꾸준히 해주어 9개월 동안 있도록 해주시어 감사합니다.

성악 공부 입문을 김 사장님이 추천해주시어 지금 5년 넘게 다니며 아리아 칸소네를 40곡 이상 부를 수 있는 수준으로 올라갈 수 있도록 인도해 주었습니다.

오 솔레미오를 이태리 원어로 부르는 것을 전화로 코칭 해주고, 길거리에서 4월의 노래를 같이 버스킹하며 좋아하는 노래를 공유하고 부를 수 있었습니다. 당신은 '어머니의 마음' 노래를 1,000번 가까이 불러서 아무 곳에서나 막 부르는 어머니에 대한 애정이 하늘에 닿았습니다. 음악을 통해서 영혼의 교류가 되어 감사합니다.

저의 집사람이 암 투병하고 제가 간병하는 입장에서 건강의 본질을 알고 대처하고자 건강포럼 교실을 김 사장님이 만들어 주시고 운영하여 주셨습니다. 의사님들, 한의사님들, 암 전문 의사님들을 모시고 강의 듣고 건강 지식을 공부하고 실천방안을 같이 연구하며 집단지성을 통하여 건강 지식을 쌓았습니다. 후쿠이단 효능도 공부하고, 어싱도 연구하고, 공복의 효능도 연구하고, 암환자들과의 사례도 들어보고, 당신 덕분에 엄청난 건강 비법을 알 수 있었습니다. 건강하게 살겠습니다. 김 사장님 감사합니다.

저의 첫째아들 결혼에 신문사로 아들과 며느리를 초대하여 100감사를 쓰고 미래를 설계하게 해주시어 행복한 가정을 이루어 딸도 낳고, 회사에서 중견간부로 성장하고 긍정에너지로 감사를 실천하며 배려하는 마음으로 삶을 영위하도록 초기에 터전을 만들어 주시어 감사합니다.

2010년 포스코ICT현 포스코DX 광양본부장으로 근무 시 감사나눔신문사 사장으로서 처음 만나 감사를 알려 주시고, 행복나눔125를 손욱 회장님과 함께 동참할 수 있어서 직원들과 신바람나게 실천하여 출근하고 싶은 회사, 행복한 회사를 만들고 지역 시청에도 전파하고 포항에도 전파하여 행복도시를 만드는 데 진력할 수 있었습니다. 가끔 구룡포 파전복집에서 손욱 회장님, 안남웅 목사님, 제갈정웅 이사장님, 우이당 선생님과 같이 행복나눔125 활동을 공유하며 바다 내음을 맡으며 전복 먹던 생각이 납니다. 김 사장님 모시고 다시금 식사하고 싶네요. 감사합니다.

김용환 사장님 그립습니다. 사랑합니다. 보고 싶습니다. 눈물이 납니다. 천국에서 우리를 보살펴주소서. 박 수산나도 천국으로 이끌어 주소서. 감사, 감사, 감사합니다.

# 11

# 주름진 작은 영웅
# 김용환 대표님을 기리며

**이은호**
행복나눔125 기획홍보실장

요즘 시대 긍정의 마음을 가지는 것이 중요하다고 많은 이들이 말하고 있습니다. 그러나 긍정의 마음을 갖는 것은 말처럼 그리 쉽지 않습니다. 많은 방송과 신문 등 각종 미디어에서는 미간이 찡그려지는 사건과 사고 등을 중요 기사로 다루고, 또는 그것들을 왜곡하거나 과장해서 사람들의 관심을 끌어 입에 오르내리게 하는 데 여념이 없습니다. 그 대중들의 관심이 기사의 클릭 수가 되고 기사에 붙은 광고 노출 수가 되기 때문입니다.

현대 미디어는 걱정과 불안, 화 등 부정의 마음을 더욱 일으키게 만들어 돈을 벌고 있다고 할 수 있습니다. 한마디로 긍정의 마음이 중요하다고는 하나 대중들에게 노출되어 있는 것은 부정의 환경이라는 것입니다.

그러나 감사나눔신문은 다릅니다. 감사란 하나의 주제로 다양한 인물들의 소식을 전하면서 독자로 하여금 긍정의 마음을 키울 수 있도록 도움을 주고 있습니다. 감사나눔신문은 긍정의 중요성을 실천하는 미디어입니다. 정말 소중하다고 할 수 있습니다.

이렇게 소중한 감사나눔신문이지만 그 운영은 쉽지만은 않았습니다. 긍정의 마음을 나누는 것은 사람들의 관심을 끌기가 쉽지 않기 때문입니다. 이렇게 오랜 시간 감사나눔신문이 발행되는 것은 김용환 대표님의 헌신이 있지 않고서는 불가능했을 것입니다.

조금은 작은 체구와 구부정한 어깨, 주름지고 근심 가득한 얼굴이 저의 김용환 대표님에 대한 2016년 첫인상입니다. 그 뒤로도 항상 김 대표님의 까무잡잡한 얼굴엔 근심이 가득해 보였습니다. 김 대표님이 그렇게 보였던 건 그의 헌신으로 감사나눔신문사를 이끌었기에 그랬을 것입니다. 당장 매월 충당해야 하는 직원들의 급여와 사무실 임대료, 신문인쇄비 등이 고정 비용으로 지출이 되었을 텐데 긍정만을 전달하는 감사나눔신문은 사람들의 관심을 끌어내기 힘들었고 광고를 수주하기에도 벅찼을 테니까요. 김 대표님의 어깨가 굽고, 얼굴의 주름이 깊어지는 것은 당연했을 것입니다.

하지만 대표님은 감사나눔신문사를 찾아오는 손님들을 맞이할 때면 언제나 환하게 웃어주셨습니다. 주름진 얼굴로 환하게 웃을 땐 마치 '소년의 모습'과도 같았습니다. 신문사를 운영하기엔 힘들었을지라도 긍정을 나누는 것은 전혀 힘든 일이 아니었을 테니까 그런 소년의 웃음을 보여주셨을 거라고 생각합니다. 김용환 대표님의 환한 미소는 그가 얼마나 긍정을 몸소 실천하고 있는지 보여주는 것이라 생각합니다.

김 대표님은 감사나눔신문사의 따뜻한 영웅이었습니다. 그의 인간적인 접근법과 지혜로움은 많은 이에게 큰 영감을 주었습니다. 그는 항상 다른 사람들의 의견을 경청하고 존중하며, 감사나눔신문사의 성장과 발전을 지원하기 위해 노력했습니다. 또한, 그의 결단력과 인내심은 감사나눔신문사가 어려움을 극복할 수 있도록 도왔습니다. 그의 지혜와 인격은 우리에게 영원한 보물로 남을 것입니다.

김 대표님은 우리에게 그 어떤 금전적 보상보다도 값진 것을 선물해 주었습니다. 그는 늘 자신의 경험과 지식을 나누며, 더 나은 사람이 되도록 격려했습니다. 그의 미소와 따뜻한 말 한

마디는 우리에게 큰 용기를 주었고, 그의 행동은 우리에게 감사와 나눔의 의미를 깨닫게 했습니다.

김 대표님의 서거로 인해 우리는 큰 상실감을 느끼고 있습니다. 그는 감사나눔신문사의 한 걸음 한 걸음에 큰 힘을 실어주었습니다. 그의 영원한 헌신과 사랑은 우리 모두에게 큰 힘이 되어줄 것입니다. 함께 고난과 역경을 극복하며, 그의 꿈을 이루어 나가는 길을 함께 걸어가야 할 것입니다. 주름진 작은 영웅 김용환 대표님이 그립습니다.

# 12

# 그분은 저의
# 영원한 감사교육의 멘토입니다

**이점영**
대한민국감사학교 교장
호서대학교 초빙교수

우리는 많은 사람과 인연을 맺으며 살아갑니다. 그들 중에서 김용환 대표님은 감사를 실천하고 있는 지금의 제가 있기까지 멘토 역할을 해 주신 특별한 분입니다.

중대부초가 인성교육의 방향을 '감사교육'으로 정한 뒤 감사나눔신문을 찾아가 자문을 구했을 때, 감사교육의 방향을 알려 주시고, 직원 연수나 학부모 연수 그리고 학생들의 감사캠프 등 아낌없이 지원하여 교원, 학생, 학부모의 가슴에 감사 불씨를 지펴주셔서 감사문화를 정착하는 데 큰 도움을 주셨습니다. 교장이 두 번이나 바뀐 지금도 감사교육을 하고 있습니다.

감사합니다.

그리고 감사CEO조찬 모임에 초대해 본교 감사교육 사례를 발표할 수 있는 장場을 열어주시고, 내로라하는 귀한 분들과 인연도 만들어 주셨습니다. 이 조찬 모임에서 엄청나게 선한 영향력을 가지신 분들과 함께하면서 감사의 힘을 더 키워갈 수 있었습니다. 감사합니다.

하루는 "교장 선생님, 우리는 왜 감사나눔을 전파해야 할까요?"라는 질문과 함께 다음과 같은 구체적인 물음에 대해 글로 답변해 달라고 하였습니다.

1. 우리는 왜 감사해야 하는가?
2. 감사 습관화를 위한 방법으로는 무엇이 있을까?
3. 감사 습관화를 위해 단기, 중기, 장기 프로그램을 마련한다면 어떤 내용이 필요할까?
4. 우리는 감사나눔 전파를 위해 무엇을 어떻게 해야 하나?

저는 끙끙대며 답변서를 보내드렸던 일이 생각납니다. 지금 생각해보면 이런 방법으로 감사에 관해 생각을 정리하게 하고, 더 도전할 수 있도록 가르침을 주신 거라고 믿습니다. 감사합니다.

장인어른 장례식에 조문오셔서 "교장 선생님, 감사장례식으로 해보시지요"라고 권하면서 감사카드 1세트를 선물로 주셨습니다. 그날 저녁 저는 가족들에게 '감사장례식'을 제안하였습니다.

"매형, 저는 아부지에게 감사할 게 1도 없어요!"라고 거부하던 큰처남이 딸의 권유로 감사장례식을 하게 되었습니다. 탈상 후 큰처남이 찾아왔습니다.

"매형, 고맙습니다. 아부지에 대한 원망만 컸는데 감사카드에 감사를 찾아 적은 것을 영결식 때 가족들 각자 아부지에게 읽어드릴 때 아부지를 미워하는 감정이 사라져서 얼마나 마음이 편한지 모릅니다. 매형 덕분에 큰 짐을 내려놓은 기분입니다. 감사합니다!"라고 말했습니다. 올 어버이날을 맞아 미리 봉안당을 찾았을 때, 자손들이 쓴 감사카드가 유골함 옆을 지키고 있었습니다. 이렇듯 대표님은 우리 가족에게 잊지 못할 큰 선물을 주셨습니다. 감사합니다.

대표님과 격월로 만났던 모임도 생각납니다. 토론하는 모임이라 두서너 시간 불꽃 튀는 토론이 끝나고 한숨 돌리는 순간, 주머니에서 감사카드를 꺼내 5감사를 적어 서로 전달하게 하였습니다. 토론 끝이라 누구나 '이건 뭐지?'라는 생각이 들었지만, 모두 감사를 적어 나누었습니다. 이처럼 대표님은 '감사나눔을 실천해야 한다'라는 생각에 머물지 않고, 그때그때 곧바로 실천에 옮기는 분이었습니다. 마치 '감사나눔은 이렇게 해야 합니다'라는 행동가가 되어야 한다는 교훈을 주셨습니다. 감사합니다.

자나 깨나 감사나눔을 생각했던 분! 그분은 하늘나라의 별이 되셨지만, 그분의 뜻을 이 땅에 뿌리내리게 하는 일은 우리의 몫으로 남았습니다. 제가 감사나눔을 실천해 온 지도 11년째 가 됩니다. '앞으로 감사나눔을 위해 어떻게 해야 할까?'를 생각해 봅니다.

10여 년간 매일 감사일기를 쓰면서 이젠 하루라도 쓰지 않으면 찝찝한 기분이 들 정도로 습관이 되고, 감사일기를 밴드나 단톡방을 통해 서로 공유하는 그룹들이 생겼습니다. 그리고 감사일기를 쓰면서 자꾸 감사한 일들이 생깁니다. 감사일기를 지인과 더불어 지속적으로 써 갈 것입니다. 감사합니다.

'1급 정교사 자격연수와 교감 자격연수의 교육과정에 감사교육이 들어가 교육받은 선생님과 관리자가 감사문화로 행복한 학교를 만들면 좋겠다'라고 생각하였는데 드디어 올 여름방학에는 대전교육연수원의 '2024년 중등교감 자격연수' 강사진으로 합류하여 감사교육이 대전시 중등학교에 퍼져나갈 수 있는 계기를 마련하게 되었습니다. 이를 계기로 학교에 감사문화가 들불처럼 번지는 계기가 되도록 해보겠습니다. 감사합니다.

감사나눔의 향기

대한민국감사학교 교장 소임을 맡으면서 전국적으로 감사나 눔운동을 펼칠 수 있는 일을 감당하려고 합니다. 황금 만능주의와 갈등으로 가득한 우리 사회를 바르게 되돌릴 수 있는 툴이 감사이고, 진정한 선진국이 되기 위해서는 국민의 인격 수준을 높여야 하는데 그것도 감사가 답이라고 믿기 때문입니다. 감사합니다.

　학교 현장에서 선생님들이 쉽고 재미있게 감사교육을 할 수 있도록 돕기 위해 『감사교육 가이드 북』도 쓰고 있습니다. 감사합니다.

　온 세상에 꽃이 가득하고, 날도 따뜻하지만, 대표님이 계시지 않으니 슬픈 5월입니다. 하지만 우리가 그분의 유지를 이어가면 곧 그분이 부활하는 것이라 믿습니다. 감사합니다.

# 위대한 감사의 힘을 가르쳐 주신 살아있는 천사, 김용환 대표님

**이주권**
인팩 본부장

    사랑하고 존경하는 김용환 대표님을 2019년 9월 만날 수 있었던 것은 저의 인생에 있어 가장 큰 축복이자 기회였다고 생각합니다. 회사 선배가 임원 교육을 받으면서 TBVM을 배우는 과정에 참여하고 있었습니다. 그 과정에서 김용환 대표님과 허남석 대표님이 천안에 있는 회사 사업장을 교육차 방문하면서 처음 인사를 하게 되었고, 이후 회사 경영활동에 있어 많은 도움과 지원을 받게 되었습니다.

    매일 아침 6시 30분이 되면 전화를 주시던 김용환 대표님이셨습니다. 대화할 때, 회사 일들에 대해 TBVM 기반으로 감사 경영을 할 수 있도록 방법을 안내해 주시고, 지지와 격려를 해

주시던 음성과 기운이 지금도 생생하게 느껴집니다. 덕분에 지금은 회사에서 감사경영의 기틀을 확고히 만들었고, TBVM을 주도적으로 실천하며 홍익인간 리더십으로 리딩할 수 있게 되었습니다. 저의 경영 철학과 방법을 완성시켜 준 참으로 고마운 일입니다.

개인적으로 어려움에 부딪혀 힘들어할 때 전화로 기도해 주시며 위로와 격려를 해주시던 아름다운 친구이셨습니다. 저는 요즈음 교회에서 기도할 때 첫 번째 기도 제목이 김용환 대표님입니다. 지난날의 감사함과 하늘나라에서의 축복을 바라는 저의 진실한 마음의 기도입니다.

김용환 대표님과 제갈정웅 이사장님 덕분에 저의 집에는 미션과 비전 그리고 가족 사명선언서를 만들어 거실에 가정 가치관을 게시하게 되었습니다. 더하여 가정 깃발을 만들었고 수년간 우리 가정을 지키며 명문 가문을 만들어가는 든든한 기틀이 되어주고 있습니다.

김용환 대표님은 살아있는 천사이셨습니다. 저의 아들이 마음이 힘들어할 때 서울에서 천안으로 오셔서 함께 대화해 주고, 함께 잠을 자며 발 마사지도 해주고 '임마누엘 감사합니다'로 아들이 잠들 때까지 기도해 주셨습니다. 그리고 다음 날 산책을 함께하며 아들의 마음을 위로해 주시던 모습은 우리 가족에게 잊을 수 없는 모습이었습니다. 지금은 아들이 건강한 마음으로 회복되어 김용환 대표님께서 해 주셨던 말씀들을 감사로 표현하며 자신감을 가지는 걸 보면서 저는 그 감사함에 형언할 수 없는 눈물을 흘릴 때가 많습니다.

김용환 대표님이 저에게 남겨 주신 것들은 이렇게 거대한 유산이 되어가고 있습니다. 특히 아이 엄마는 초등학교에서 감사학급 경영으로 감사 교사로 잘 알려져 있습니다. 2019년부터 TBVM 기반으로 감사학급 경영을 시작하여 지금까지 수많은 아이들과 가정을 변화시키며 감사를 교육에 접목하여 성공해 가는 훌륭한 사례를 만들고 있습니다. 하늘나라에 계신 김용환 대표님께서 특히 기뻐하실 것이라 생각합니다.

아이 엄마의 감사학급 경영은 현재 시스템이 완전히 구축되고 뿌리를 잘 내리고 있습니다. 아이들과 주변에 선한 영향력을 끼치는 것을 보면서 김용환 대표님께서 쉼 없이 전했던 '위대한 감사의 힘'을 느낍니다. 주변에 아이 엄마의 감사학급 경영과 감사 생활에 감동되어 감사나눔신문을 구독하는 일들이 자주 일어나고 있습니다. 참으로 놀라운 일입니다. 저는 이 과정들을 지켜보면서 김용환 대표님께 감사한 마음입니다.
아이 엄마는 수필 형식의 감사일기를 적고 있는데 아들에 대해서 2,000개의 수필과 시를 감사로 적으며 아들의 마음을 사랑으로 물들이고 저의 가정이 사랑으로 똘똘 뭉치는 행복한 가정을 만들어가고 있습니다. 그 바탕을 만들어 주신 김용환 대표님께서 하늘나라에서 기뻐하실 것입니다.

김용환 대표님 1주기를 맞아 대표님께 마지막으로 드리고 싶은 말씀은, 김용환 대표께서는 감사로 세상을 바꾸셨고 수많은 선한 영향력으로 기적의 업적을 남기셨습니다. 그 뜻을 꼭 이어받겠습니다. 개인적으로 저에게 친구도 되어주시고 코치도 되어 주셨으며, 때로는 든든한 지원군도 되어 주셨습니다. 진심으로 감사드립니다. 그리고 끝까지 지켜 드리지 못해 미안합니다. 고맙습니다.

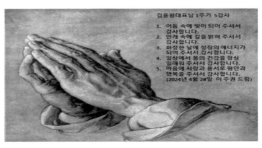

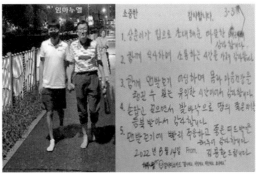

# 14

# 20세기에 김용기의 '새마을운동'이 있었다면 21세기엔 김용환의 '새마음운동'이 있었다

**정지환**
감사경영연구소 소장
감사나눔신문 초대 편집국장

  김용환 대표님과 인연을 맺은 지 어느덧 37년이 흘렀습니다.

  격동의 시대인 1987년 서울시립대 교정에서 김 대표님을 처음 만났습니다. 당시 저는 서울시립대 총학생회장으로 학원민주화, 사회민주화를 위하여 투쟁하던 운동권 재학생이었고, 김 대표님은 모교 중앙도서관에 나와서 고시 공부에 몰두하던 졸업생이었습니다. 민주주의를 군홧발로 짓밟은 5공화국이라는 시대적 상황은 서로 다른 길을 가던 두 청년을 중앙도서관 앞 민주광장에서 두 손을 맞잡게 했습니다.

김용환 대표님을 다시 만난 것은 2000년 무렵이었습니다. 당시 김 대표님은 시민의신문 업무국장이었고 저는 월간 말지, 오마이뉴스에서 필봉을 휘두르던 '싸움꾼 기자'였습니다. 언론계에 입문하며 저 자신과 약속했던 '강자에게 당당하게, 약자에게 겸손하게'라는 다짐을 실천하기 위하여 다소 오만하고 배타적이었을 저와의 재회를 편견과 선입견 없이 기쁘게 받아들인 대표님의 추천으로 저는 2001년 시민의신문 취재부장으로 스카우트되었습니다.

다시 연결된 두 사람의 인연은 2004년 국회입법 전문지 여의도통신 창간, 2010년 감사나눔신문 창간으로까지 이어졌습니다. 감사나눔신문 창간을 준비하던 과정에서 '감사편지쓰기 운동' 배종수 교수님, 삼성의 혁신 CEO 출신 손욱 회장님과 김재우 회장님,『평생 감사』저자인 전광 목사님 등을 만나게 되었습니다. 2010년 감사나눔신문 창간 이후에는 제갈정웅 총장님, 박점식 회장님, 허남석 사장님, 박대영 사장님 등과도 인연을 맺을 수 있었습니다.

저는 김용환 대표님을 다음과 같은 세 가지 가치와 의미를 남기고 떠난 사람으로 기억하고 싶습니다.

첫째, 김용환 대표님은 감사나눔신문을 창간한 언론사 경영인이자 기자로 기억돼야 합니다.

2010년 1월 1일 감사나눔신문이 창간되었지만 현장을 취재하고 기사를 작성할 기자는 없었습니다. 사장을 맡은 김용환 대표님은 정지환 편집국장, 이상준 편집주간, 김용욱 편집위원이 현장을 뛰는 기자 역할까지 해주기를 바랐고, 그 자신도 경영자인 동시에 기자라는 생각을 분명히 가지고 있었습니다. 기자에겐 글쓰기 실력뿐만 아니라 현장에서 만난 사람과 스스럼없이 대화할 수 있는 용기가 필요합니다. 용기라는 측면에서 보자면 김 대표님이야말로 진정 뛰어난 기자였다고 생각합니다.

2012년 7월 10일 아침을 김용환 사장님과 함께 포스코 포항제철소 남자생활관에서 맞았습니다. 포항시청 감사멘토 양성 1박 2일 워크숍 강의와 취재를 위해 하루 전에 포항에 왔던 길이었습니다. 아침에 일어나 1층 세면실에 갔다가 흥미로운 장면을 목격했습니다. 세면실 창틀에는 고구마가 담긴 유리컵 두 개가 나란히 놓여 있었는데, 한쪽 고구마 싹은 무성하게 자란 반면 다른 한쪽은 빈사 상태를 면치 못하고 있었습니다. 그리고 고구마 싹이 무성하게 자란 유리컵에는 '사랑해요', 빈사 상태의 유리컵에는 '미워요'라는 글자가 붙어 있었습니다.

'사랑'과 '미움'에 전혀 다른 반응을 보인 고구마를 살펴보고 있는데, 하늘색 제복을 입은 청소부 아주머니가 불쑥 들어왔습니다. 저는 고개 숙여 인사만 드리고 빨리 나가려고 하는데 김

감사나눔의 향기

용환 대표님은 기다렸다는 듯이 '인터뷰'를 시작했습니다.

"고구마 실험의 주인공이신 것 같은데 성함 좀 여쭤봐도 되겠습니까?"

"금원기업의 최우숙입니다."

"금원기업은 어떤 회사인가요?"

"포스코 청소용역을 전담하는 기업입니다."

"고구마 실험을 하게 된 계기가 있나요?"

"제갈정웅 대림대학교 총장님의 '감사의 효과'에 대한 강연을 들었습니다. 그래서 동료들과 사업장 곳곳에서 감사실험을 진행해 보기로 했습니다."

"결과는 어떻게 나왔나요?"

"양파, 고구마 등을 이용해 실험을 여러 차례 했습니다. 그때마다 '감사'나 '사랑'의 글자를 붙인 쪽이 잘 자라는 결과가 나왔습니다. 직전에 실험한 고구마를 땅에도 심었는데, 어떤 결과가 나올지 궁금합니다."

"이런 실험을 하면서 달라진 것이 있나요?"

"일하는 자세가 달라졌습니다. 모든 것에 감사하며 작업을 하다 보니 업무에 최선을 다하게 됩니다."


김용환 대표님은 최우숙 사원에게 두 개의 고구마를 들게 하더니 사진까지 찍었습니다. 나중에 이 대화 내용을 정리해 감사나눔신문 60호에 실은 것은 저였지만 언론인 정신을 발휘한 주인공은 김 대표님이었습니다. 이 글과 사진은 이후 감사 강연을 하는 강사들의 파워포인트에 즐겨 인용되었습니다. 김 대표님의 이런 용기와 취재 정신 덕분에 수많은 '감사 불씨'가 감사나눔신문 지면에 등장할 수 있었습니다.

둘째, 김용환 대표님은 감사일기 쓰기 습관을 우리 사회에 선물한 감사운동가로 기억돼야 합니다.

감사나눔신문 초창기 임직원부터 감사일기를 쓰기로 다짐하고 결의했습니다. 하지만 그것을 습관으로 만드는 일은 생각처럼 쉽지 않았습니다. 바로 그때 김용환 대표님이 직원들에게 "감사일기를 쓰면 하루 1만 원의 인센티브를 지급하겠다"고 공약하셨고, 그 공약을 지켰습니다. 대표님의 이런저런 동기부여 덕분에 많은 직원들이 감사일기 쓰기를 자신의 습관으로 만들 수 있었고, 자기 자신은 물론이고 가족과 주변 사람들의 운명까지 바꿀 수 있었습니다.

기자 출신이라 다른 직원들에 비해 부정 편향성이 매우 강했던 저도 김용환 대표님 덕분에 지금까지 10년 넘게 감사일기 쓰기를 실천할 수 있었습니다. 그리고 제가 쓰는 감사일기에 김 대표님이 출연(?)하는 일도 종종 생겨나곤 했습니다. '김용환'을 주제어로 검색해서 찾아낸 감사일기 몇 대목만 소개하면 다음과 같습니다.

"한국판 감사 신학의 시론이라 할 수 있는 '감사의 7가지 언어'를 저술한 오규훈 교수님의 강연을 듣고 토론하는 소모임에 참석했습니다. '창조주는 자신이 창조한 모든 존재에 감사DNA를 장착했다', '감사 고백은 마중물과 같다', '감사는 불평의 블루 오션이다' 등의 영감 넘치는 문구를 선물로 받았습니다. 모임에 참석하라고 연락주신 김용환 대표님 감사합니다."

— 2020년 4월 6일

"이병구 네패스 회장님이 경영자독서모임MBS에서 '석세스 애티튜드'를 주제로 강연했습니다. 현장에 가서 강연도 듣고 질문도 했습니다. 강연을 마치고 커피숍에서 뒤풀이 모임을 가졌습니다. 이병구 회장님, 김재우 회장님, 허남석 회장님, 윤은기 원장님 등과의 대화에서 네패스 성공 비사를 들을 수 있었습니다. 초대해 주신 김용환 대표님 감사합니다."

— 2020년 4월 20일

"오랜만에 감사나눔신문사를 방문했습니다. 김용환 대표님, 제갈정웅 이사장님, 양병무 원장님 등이 환영해 주셨습니다. 행복에너지 출판사 권선복 대표님이 점심 식사를 대접해 주셨습니다. 재소자와 교도관 감사나눔교육에 대한 이야기를 나눴습니다. 초대해주신 김용환 대표님 감사합니다."

— 2022년 9월 13일

셋째, 김용환 대표님은 감사나눔운동 모델하우스를 운영한 새마음운동가로 기억돼야 합니다.

김용환 대표님은 감사를 위해 태어났고 감사를 위해 죽었다고 표현해도 과하지 않은 사람입니다. 독실한 크리스천이자 한 교회의 장로이기도 했던 김 대표님의 감사 인생을 반추하다 보면 새마을운동의 발원지 역할을 했던 일가 김용기 장로님과 그 가족들이 떠오릅니다.

5.16 직후인 1962년 박정희 국가재건최고회의 의장이 가나안농군학교를 방문했을 때의 일입니다. 박 의장이 간식으로 나온 빵을 무심코 손으로 집어 입으로 가져가자 교장인 김용기 장로님이 손을 내저었습니다. "여기서는 음식을 먹기 전에 반드시 '일하기 싫으면 먹지도 말자'는 구호를 외쳐야 합니다." 박 의장은 슬그머니 빵을 내려놓고 구호를 따라 외쳐야만 했습니다. 가나안농군학교에 입소한 사람들은 강의 내용에도 고개를 끄덕였지만 자신들과 똑같이 새벽에 일어나 하루를 시작하고 똑같은 일터에서 일한 다음 똑같은 음식을 먹고 똑같은 방에서 똑같이 잠자리에 드는 김용기 장로와 그 가족들의 모습을 보고 더 감동하고 감화됐다고 합니다.

김용환 대표님도 감사나눔운동의 대의를 위해선 어떤 권력자 앞에서도 당당했고평범한 사람들에겐 한없이 겸손했지만, 나아가 어머니,

아내, 아들 등 가족과 함께 감사나눔운동을 실천했습니다. 20 세기에 김용기 장로님1909~1988의 새마을운동이 있었다면 21 세기에는 김용환 장로님1959~2023의 새마음운동 즉 감사나눔운 동이 있다는 것을 잊지 말아야겠습니다.

# 15

# 감사나눔 선구자
# 김용환 대표님을 회상하며

**최용균**
비전경영연구소 소장

작년 김용환 대표님의 갑작스런 소천 소식을 듣고 너무 놀라 장례식장을 찾았던 날이 벌써 1년이 다 되어갑니다. 김 대표님과는 행복나눔125 운동과 감사나눔 관련 여러 행사에서 만난 적이 많아 아직도 여의도에 가면 금방이라도 온화한 미소로 반겨줄 것 같은 느낌이 듭니다.

대표님과 함께했던 여러 가지 추억 중 가장 먼저 떠오르는 것은 청송교도소 교도관과 수용자 강의를 위해 1박 2일로 찾아갔던 적이 있습니다. 교도관 강의는 행복나눔125 본부장이셨던 손욱 회장님이 강의를 하셨고, 다른 교육장에서는 제가 수용자들을 대상으로 강의를 했는데 김 대표님께서 특별한 분들(?) 강의를 저에게 맡겨주셔서 뜻깊은 자리에 함께할 수 있었습니다. 장거리를 차량으로 왕복 이동하며 동승한 차 안에서 본인이 어머님을 얼마나 사랑하고 그리워하는지 세상에 진정한 효도의 본을 잘 알려주셨던 모습이 먼저 생각납니다.

걸음걸이가 시원치 않은 어머님을 위해 직접 어머니를 업고 어머니가 보고 싶어 하는 곳을 찾아다니셨던 이야기와 어머니 돌아가실 때 어머니를 그리워하며 쓴 100감사를 어머니 관에 함께 넣었던 이야기, 장례식장을 찾아온 조문객들에게 감사나 눔의 진정성을 잘 보여 주신 이야기 등 저도 어머니를 어떻게 대해야 하는지에 대한 깨달음을 주셨습니다.

그러한 본을 보여주신 김 대표님의 사례에 용기를 얻어 저 역시 어머니 생신 때 어머니에 대한 100감사를 써서 드린 적이 있습니다. 제가 쓴 100감사를 읽으며 어머니가 감동의 눈물을 많이 흘렸었는데 지금 생각하면 김 대표님 덕분에 저도 어머니를 기쁘게 해드릴 수 있었습니다. 김용환 대표님은 효사상이 점점 옅어지는 요즘 시대 많은 사람들에게 진정성 있는 부모 사랑과 효의 참모습을 몸소 가르쳐 주셨습니다.

그다음 생각나는 것은 여의도 찾아갈 때마다 여름에는 시원한 음료를 건네주시고, 겨울에는 따뜻한 차를 직접 끓여 주시며 잘 지냈냐고 안부 물어보시고 대한민국을 행복한 사회로 만드는 데 함께 동참하자고 갈 때마다 권유해 주셨습니다. 어느 날은 몸에 좋은 구운 소금을 선물로 주시고, 어느 날은 새로 나온 좋은 책을 선물로 주시고, 감사를 통해 세상을 행복하게 만들 수 있다는 신념을 늘 알려 주셨습니다.

코로나가 확산되는 시점에서 오프라인 모임이 어려울 때 매주 수요일 저녁 감사행복나눔 CEO 온라인 스터디를 운영하시며 감사나눔을 앞서 실천하고 계시는 훌륭한 강사님들도 섭외해 주시고, 직접 사회를 보며 진행하셨고, 한 분이라도 참석자를 늘리시려고 많은 노력을 하셨습니다. 저에게도 강의 요청을 해 주셔서 가정 VM과 성격유형별 감사 표현 사례를 강의했던 기억이 납니다.

무엇보다 김용환 대표님께서 주도적으로 여의도 국회의사당에서 개최했던 제1회 행복나눔 축제에서 포항시와 포스코, 삼성중공업을 비롯한 여러 감사나눔 성공 사례 발표를 들으면서 큰 감동을 받게 되었습니다. 그날 이후 저도 도전받아 매일 5감사를 쓰는 습관이 생겼는데 벌써 12년째 매일 쓰게 되었습니다. 덕분에 어떤 마음이 불편해지는 상황을 만나더라도 금방 이 상황에서 감사할 것은 무엇일까를 먼저 떠올리며, 스트레스를 덜 받게 되어 마음 건강에 큰 도움을 받게 되었고, 그

감사나눔의 향기

러한 긍정 에너지가 생긴 것을 토대로 저도 기업에서 행복나눔 강의를 진행하는 계기가 되었습니다.

김용환 대표님의 강력한 권유에 이끌려 제1회 행복나눔 지도자 과정을 수료하는 과정에서 보다 체계적으로 감사나눔 실천과 확산에 대한 아이디어를 얻게 되었고 전문과정이라고 할 수 있는 감사기반 드러내기경영 지도자 과정인 TBVM 2기생으로 수료한 이후 군부대와 교도소, 기업 등 여러 곳에서 행복나눔과 드러내기 경영을 강의하는 강사가 될 수 있었습니다.

감사 드러내기 경영의 최고 성공사례라고 할 수 있는 안산 제이미크론을 방문하는 일정이 생기면 늘 저에게 전화 주셔서 같이 갈 사람은 없는지 물어보시고 함께 가자고 권해 주셔서, 제가 10번이나 현장을 직접 방문하고 갈 때마다 감사행복의 긍정 에너지로 변해가는 기업현장을 생생하게 체험할 수 있었습니다. 김 대표님은 드러내기 경영을 보다 많은 기업에 확산시켜서 행복한 일터와 행복한 사회를 만들고자 하는 열정이 있는 분이셨습니다. 누구보다 앞장서서 행복한 나라를 만들려는 데 최선의 노력을 다하셨습니다. 감사를 기반으로 한 드러내기 경영이 뿌리내릴 수 있도록 가장 많은 노력을 하셨습니다.

교도소가 변해야 우리나라가 행복해진다고 오래 전부터 말씀하시며 매년 교도소 수용자들을 대상으로 감사나눔 공모전을 개최하시며 우수작품을 감사나눔신문을 통해 세상에 알리시고 계십니다. 저도 집으로 배달되는 감사나눔신문에 수용자가 쓴 100감사를 읽으며 감동을 받을 때가 많습니다. 수용자들 대상 사회복귀 최고의 프로그램으로 진행되고 있는 감사나눔 강의와 감사나눔 공모전은 감사나눔신문의 중요한 과제인데 김 대표님이 생전에 중점을 두고 추진했던 일입니다.

대한민국이 경제적으로는 많이 발전했지만 사회적 갈등이 심하고 저출산, 자살, 우울 등 OECD 국가의 행복도 순위에서 다른 나라들에 비해 행복하지 못한 나라가 되어 있는 것을 누구보다 안타깝게 여기시고, 나부터 작은 것부터 지금부터라는 '나작지'를 실천하여, 내가 먼저 행복하고 가정이 행복하고 일터와 사회가 행복한 나라가 되어야 한다고 늘 기도하며 외쳐 주신 그 열정은 남은 사람들이 마땅히 받들어야 할 유산이라고 생각합니다. 너무 일찍 하늘나라에 가신 김 대표님 생각하면 지금도 마음이 짠해집니다. 김 대표님은 비록 이 땅에 안 계시지만 대표님이 남기신 감사나눔의 영향력은 오래도록 넓게 퍼져나갈 것입니다.

저부터 두 아들에게 행복한 가정의 모습을 실천하며 잘 물려주어야겠습니다. 현재 제가 지휘자로 섬기고 있는 코치합창단을 보다 행복한 합창단으로 만들어야겠습니다. 기획운영위

원장으로 일하고 있는 한국코치협회를 행복한 단체로 만들도록 더욱 노력하겠습니다. 그리고 강의와 코칭을 통해 만나는 교육생들과 고객들에게도 감사나눔의 행복한 기운을 잘 전달하도록 하겠습니다. 김용환 대표님! 보고 싶습니다. 그리고 김 대표님! 사랑합니다. 감사합니다.

# 16

# 이 사회의 빛,
# 하늘의 별이 되어

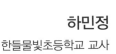

**하민정**
한들물빛초등학교 교사

어찌 이런 일이 있을까?
상상도 못했던 일이
서울 가고 있다는
남편의 전화 한 통
너무나 충격적인 슬픈 소식

우리 상훈이에게
슈퍼 브레인 칭하며
희망을 부어 주셨던
김용환 대표님께서
하늘나라로 이사하셨답니다.

맨발 걷기도 하시며
소금 양치도 하시며
누구보다 건강을 챙기셨는데
너무나 안타까운 일이

하나님께서
어느 날 갑자기
여기서 후욱…
이사를 시켜 버리시니
몸이 떨려 옵니다.

대표님께서는
이 사회의 빛이셨습니다.
이제 하늘의 별이 되셨습니다.

김용환 대표님께
고개 숙여 감사드립니다.

대표님을 잊지 않고
우리 가족
가끔 밤하늘을
올려다 보겠습니다.

그때 손 흔들어 주십시오.
감사합니다.

하늘나라
하나님 품 안에서
평안하시길 기도드립니다.

제 가슴에 감사의 뿌리를
심어 주시고
그렇게 바람처럼 가셨습니다.
대표님의 명복을 빕니다.

# 감사의 세계관을 만들어 주신
# 소중한 김용환 대표님

**호영미**
두루빛감사나눔공동체 대표

2012년 3월 15일 50번째 생일날, 감사나눔신문사를 알게 되었습니다. 세상에 감사나눔신문이 있어? 감사를 경제활동으로 하는 사람들이 있다니! 감사나눔신문사를 방문하면서 제 인생에 감사 전과 후로 나뉘는 인생 이야기가 시작되었습니다.

감사나눔신문 대표 김용환 명함을 받아 들고 오면서, 대한민국에 참 별난 신문도 다 있구나! 감사하면 행복해지고, 명품가정, 하는 일마다 잘된다는 말씀이 며칠을 따라다녀서, 다시 방문하게 되었습니다.

그때부터 김용환 대표님과의 감사의 인연이 시작되었지요. 매주 토요일 모여 신문에 100가지 감사를 쓰고, 나누고 하면서 저는 내 삶을 마칠 때까지 실천할 나만의 감사의 세계관을 만들기 시작했습니다. 1일 100감사쓰기, 남들은 1일 5감사를 쓴다는데, 저는 벼랑 끝에 있는 시기였기 때문에 경제, 건강을 다 잃고 만난 감사가 그렇게 달콤하고 행복할 수가 없었습니다.

1일 100감사를 100일 동안 쓰면서 직장암 수술, 발가락 수술을 견뎌냈고, 감사인으로 공부하면서 51세에 대학을 들어가 상담 심리학 공부를 하고, 강의하면서 800여 회의 감사특강, 2만여 명을 만나는 축복을 누리며 살게 되었습니다.


김용환 대표님께 받은 첫 번째 축복, 감사공부. 두 번째 받은 축복 건강공부. 건강을 잃어 힘들어할 때, 균형회복 자연학교를 열어 강주 우이당 선생님과 자연치유 공부를 4년이나 할 수 있도록 역할를 만들어 주셨습니다.


2023년 6월 2일 금요일 생신날 축하 인사를 드렸습니다.

"오늘 귀하신 대표님, 탄생일이시군요. 축하드립니다. 건강 챙김, 감사문화 감사합니다."

곧바로 김용환 대표님의 따뜻한 답글이 왔습니다.

"소중한 호영미 선생님, 축하해주셔서 감사합니다. 따뜻한 마음으로 배려해주셔서 감사합니다. 건강하세요. 감사합니다. 사랑합니다. 미안합니다. 소중합니다. 김용환 드립니다."

이 생신 문자를 마지막으로 이제 대표님을 뵐 수 없게 되었습니다. 가끔 감사 노트를 들고, 토론하시던 모습이 그리워 대답 없는 카톡을 열어봅니다. 대한민국에 감사의 세계관을 만들어 나눠주신 그 사랑 잊지 않겠습니다. 감사인으로 살아가는 두 가지 축복 몸 건강, 마음 건강을 제게 나눠 주셔서 감사합니다.

그리운 마음만큼 받은 감사, 사랑 나누며 살겠습니다. 감사합니다.

제3장

—

# 사무국

# 그런 사람
# 또 없습니다

**김덕호**
감사나눔신문 편집국장

'오너의 3심三心'이라는 우스개가 있습니다. 모든 오너들은 반
드시 3가지 마음을 장착하고 있는데 욕심, 의심, 변심이 그것
이랍니다.

먼저 오너들은 회사를 운영해서 더 많은 이익을 내고 자신의
수익을 극대화하려는 '욕심'이 있답니다. 또한, 월급 주고 부리
는 직원이 일을 게을리하거나 행여 딴마음을 먹는 건 아닌지
늘 '의심'의 눈초리를 거두지 않는다지요. 일의 진행 방향을 하
루아침에 바꾸거나 총애하던 직원에 대한 지지와 격려를 갑자
기 접어버리는 '변심'도 흔한 일이랍니다. 그 이야기는 그냥 우
스개로 치부할 수 없는 핵심적인 통찰이 담겨 있음을 우리는

여러 회사생활의 경험을 통해 잘 압니다.

그런 면에서 보면 김용환 대표님은 오너가 아니었습니다. 우선 욕심이 너무 없으셨습니다. 10년간 대표님을 모시는 동안 어떻게든 일을 성사시켜 한 푼이라도 더 자신의 주머니를 채우고 불리려는 욕심을 본 적이 없었습니다. 회사가 잘되어도 자신의 몫에 신경 쓰지 않으셨고, 회사가 어려울 땐 자기 주머니를 헐어서라도 운영자금을 마련하고 직원들의 급여를 먼저 챙기려 동분서주하셨지요.

또한, 대표님은 사람을 의심하거나 변심하는 분이 아니셨습니다. 언제나 상대방의 선한 마음을 믿고 진심으로 대하는 넓은 가슴을 가지셨지요. 일을 하다 보면 누군가는 잘못을 저지르기도 하고 실수도 하게 됩니다. 하지만 그럴 때 대표님은 단 한 번도 질책을 하거나 불만을 드러내지 않으셨습니다. 부족한 사람은 격려하고 모난 사람은 더 따뜻하게 품으며 한결같이 믿고 또 믿어주셨지요. 어떻게 사람이 저럴 수 있을까 싶을 정도로 상대방의 좋은 면만 바라보고 반짝이는 장점에만 시선을 맞추려 애쓰셨습니다.

저희 회사에서 프리랜서로 신문편집을 맡고 있는 편집기자로부터 사석에서 여러 차례 그런 이야기를 들었습니다. 20여 년간 수많은 언론사에서 프리랜서로 일을 하며 많은 대표들을 만나 봤지만 김용환 대표님 같은 분은 처음 봤다고. 한마디로 욕심도 의심도 변심도 없는 대표는 처음이라는 이야기였습니다. 그래서 감사나눔신문사에 오면 늘 훈훈한 정을 느꼈고 사람을 따뜻하게 맞아주는 분위기가 너무 좋아서 편집 마감을 하러 오는 날이면 참 즐거웠다고. 그리고 그 중심에는 늘 대표님이 계셨습니다.

대표님을 떠올리면 참 많은 에피소드들이 생각납니다. 한번은 지방에 감사교육을 진행하러 간 적이 있습니다. 차를 몰고 고속도로를 달리다 안성휴게소에 들러 점심을 먹었습니다. 대표님은 식사 후 차 트렁크에서 무언가를 주섬주섬 꺼내시더니 휴게소 한편의 정자에 앉아 양복 상의를 벗고는 와이셔츠 단추까지 하나씩 풀어내셨습니다. 그리곤 웃통을 벗은 채 몸에 쑥뜸을 뜨시더군요. 행인들이 지나다니는 고속도로 휴게소에서 타인의 시선을 아랑곳하지 않는 그 모습이 누군가에겐 눈살을 찌푸리게 하는 것임을 모르진 않지만 제겐 참 신선하게 느껴졌습니다. 한결같은 믿음으로 10여 년에 걸쳐 뚝심 있게 '감사의 길'을 걸어오신 바탕에도 타인의 시선을 의식하지 않는 그런 오롯함이 담겨 있었다고 생각합니다.

이따금 가슴에 찬바람이 일고 대표님이 생각날 때면 조용히 기타를 치며 노래를 부르곤 합니다. 잘 치지도 못하고 코드도 몇 개 외우지 못하는 수준이지만 마음을 담아 노래를 부릅니다. 가수 유익종의 노래 '갈 수 없는 나라'를 개사하여 만든 저만의 추모곡입니다. 개사한 노랫말은 이렇습니다.

〈 상처 많은 세상에 고마운 마음 전한 너/ 너의 작은 손 그러나 큰 가슴/ 바람 부는 언덕에 감사의 씨를 심은 너/ 너의 작은 입술 그러나 큰 웃음/ 네가 헤매어 찾던 나라/ 맑은 햇빛과 나무와 풀과 꽃들이 있는 나라/ 그리고 사랑과 평화가 있는 나라/ 언젠가 모두가 손잡고 거닐 나라/ 네가 걸어가는 따뜻한 큰 세상 〉

대표님께서 늘 꿈꾸셨던 세상, 모두가 감사로 하나 되어 손잡고 거닐기를 소망했던 세상에 이제 당신은 없습니다. 그 사실이 너무 아쉽고 쓸쓸하기만 합니다.

대표님이 돌아가시고 장례를 치르던 며칠간의 일들은 지금도 생생하기만 합니다. 너무나 갑작스러운 일이라 꿈인지 생시인지조차 구분이 어지럽던 때였습니다. 장례 이틀째 되던 날 저녁, 병원 입구를 지나 식장으로 들어서는데 대표님 목소리가 들렸습니다. "김 국장~" 장례식장 복도에 양옆으로 길게 늘어선 수십여 개의 화환들 끝에서 들려오는 듯했습니다. 하얀 국화 꽃잎들이 어지럽게 날리며 그 소리를 전하고 있는 듯한 착각마저 일었습니다. 대표님은 이제 고인이 되었음을 분명히 인지하고 있음에도 당신의 목소리가 환청처럼 자꾸만 귓가에 메아리쳤습니다. "김 국장~ 김 국장~"

하얀 이를 드러내고 환하게 웃으며 복도 저 끝에서 금방이라도 대표님이 뚜벅뚜벅 걸어오실 것만 같아 멍하게 서서 눈물을 훔치던 기억이 납니다. 지금도 이따금 그 목소리를 듣습니다. 무언가에 대한 아쉬움이 가득 배인 그 음성에는 무언의 당부와 따뜻한 격려, 응원도 담겨 있습니다.

감사를 사랑하고 나눔을 사랑하고 사람을 사랑했던 김용환 대표님.

당신과 마주 앉아 뜨끈한 김치찌개로 식사를 하며 감사 이야기를 나누던 지난날들이 그저 그립습니다. 대표님을 생각하면 가수 이승철이 불렀던 한 노래의 제목이 자연스레 머릿속에 떠오릅니다. 그 제목은 이러합니다. '그런 사람 또 없습니다.' 보고 싶습니다. 대표님. 감사하고 감사합니다.

감사나눔의 향기

# 24시간 감사 몰입이
# 가능했구나

**김서정**
감사나눔신문 기자

　"감사합니다"라는 말을 가지고 24시간 몰입해서 살았던 김
용환 감사나눔신문 대표를 마주하면 긴장이 되었다. 상대 상
황을 언뜻 살피면서도 기습적으로 질문을 하는데, 프레임도
초점도 관심도 단 한 마디 "감사합니다"에 집중되어 있었기 때
문이었다. 그 어느 때이든 '감사'에서 벗어나는 대화는 거의 없
었던 것 같다.

　고인과 인연을 맺은 건 2013년이었다. '감사' 책 출판 일로
감사나눔신문을 알게 되었고, 그때 감사를 글로 쓰면서 더 나
은 삶을 살고자 하는 이들이 있다는 것도 알게 되었다. 생소하
면서도 친근감이 들지는 않았다. 감사로 제2의 인생을 꿈꾸는

것 같았는데, 그 목표가 성공 인생으로 읽혀졌기 때문이었다. 자주 예로 드는 인물이 오프라 윈프리였는데, 오프라 윈프리처럼 되려면 감사만으로는 불가능해 보였기 때문이다. 그래도 프리랜서 작가라 일을 마무리해야 했고, 이후 감사나눔신문 편집위원 겸 기자로 활동하는 상황이 생겨났다. 프리랜서이기에 수입이 있는 일자리는 마다하지 않는데, 갈 때마다 마주치는 고인과의 대화는 쉽지 않았다.

"정말 힘든 상황을 오프라 윈프리가 감사로 극복해 세계적인 방송 진행자가 되었는데, 감사할 수 없는 상황에서 감사하는 게 정말 대단하지 않나요? 어떻게 생각하시나요?"
'감사 곧 성공'이라는 등식에 마뜩잖은 시선을 보내고 있던 터라, 어떻게 대답해야 할지 난감했다. 그래서 솔직하게 말했다. 매일 5감사 말고도 최고의 방송인이 되기 위해 수많은 노력을 했을 것 같다고. 그러면 고인은 수긍을 하면서도 모든 게 감사가 바탕이 되었기에 이루어진 일 같다고 강조하는 것 같았다.

그 무엇을 해도 그 어떤 상황이 되어도 오로지 '감사'를 중심으로 사고하는 고인의 질문은 시도 때도 없었다. 사무실에서 '감사'를 주제로 이야기를 나눈 뒤 밖에 나가 거리를 걸을 때도 툭 하고 질문이 들어왔다. 중간에 잠시 잠깐 세상 돌아가는 일이나 개인 일상도 나오지만, 그 모든 게 감사로 모아지면서 오

감사나눔의 향기

직 '감사'를 키워드로 한 대화는 사람을 피곤하게 만들었다. 왜냐하면 24시간 감사에 몰입하는 삶을 사는 것 같은데, 사무실 상황을 보면 늘 경제적으로 어려움을 겪는 게 보였기 때문이었다. 즉 '감사 곧 성공'이라는 등식을 정작 본인도 해내지 못하고 있는데 어떻게 이를 계속 강변하고 있다는 것인가. 그 내막이 궁금해지기 시작했다.

고인이 대표로 재직한 감사나눔신문은 회사였다. 자원봉사 단체가 아니었다. 즉 수익을 내어야만 회사 운영이 가능했다. 수익을 내려면 수익이 나게끔 하는 무언가가 있어야 했다. 그래서 전면에 내세운 게 감사를 하면 기업 실적이 올라가고, 감사를 하면 학교 성적이 올라가고, 감사를 하면 가족이 화목해지고, 감사를 하면 인성이 바뀌어 교도소 폭력이 줄어들고, 감사를 하면 행복사회가 된다는 거였다. 그래야만 누군가가 관심을 갖고 감사 강의를 들어볼 것이고, 누군가가 관심을 갖고 감사나눔신문을 구독하기 때문이었다. 그 과정에서 감사가 널리 전파되면 감사의 참 모습을 알게 될 것이고, 그러면 감사 사회는 분명 올 것이라고 확신했기 때문이었다.

고인의 감사 몰입은 감사를 전하기 위한 철저한 사명감에서 비롯된 것 같았다. 감사로 아픈 자식의 삶을 보듬었고, 감사로 절망의 시기를 벗어날 수 있었고, 감사로 희망의 삶을 꿈꾸었다. 감사로 해야 할 일이 너무 많아 24시간이 모자랄 정도였고, 그 무게감이 고인을 너무 빨리 데려간 것 같아 안타깝기 그지없다.

'감사 곧 성공'이라는 등식보다 '감사 곧 변화'라는 등식을 조언하고 있던 중 고인은 감사쓰기는 글쓰기라며 이에 대한 조언을 계속 구해 왔다. 이를 외면할 수 없어 치유 글쓰기 중심으로 감사쓰기와 글쓰기에 대한 공부를 했고, 이를 감사나눔신문에 실으면서 도움을 주고자 노력했다. 아무리 봐도 미완성인 논리를 칭찬하면서도 계속 발전시키길 바라며 질문을 던지곤 했는데, 이제 준비 없이 있다가 대답을 해야 하는 곤혹스러운 상황이 더는 발생하지 않을 것이다. 급작스레 고인이 세상을 떠났기에.

고인은 독서광이었다. 게다가 꽂히는 책이 있으면 거의 통째로 외우고 있었던 것 같다. 또한, 메모광이있다. 회의를 하거나 대화를 하거나 무언가 정리할 필요가 있으면 꼭꼭 메모를 하는 것이었다. 그러고는 이를 다시 꺼내 거기에 관한 질문을 하는데, 갑자기 할 말이 없을 때는 속으로 화를 내기도 했다.

그러면서 좀 놀라운 부분이 있었다. 독서도 열심히 하시고, 메모도 열심히 하시고, 감사도 열심히 쓰시는데, 왜 글쓰기가 잘 안 되었는지 말이다. 이 부분이 신경 쓰였던 건 고인의 메모를 가지고 문장으로 만드는 일을 가끔 했기 때문이었다. 그

감사나눔의 향기

게 기자의 일이기도 해서 마치고 나면 물었다. 언제 혼자 가능하시냐고. 그럴 때마다 글쓰기 공부를 할 거라고 했다.

그 시점에서 평생 고인에게 미안한 일이 생겨났다. 고인은 짤막하지만 글 정리를 부탁했다. 그때 다른 일정으로 빨리 이동을 해야 했다. 얼핏 보니 이 정도는 한다고 판단해 자리를 떠났다. 얼마 뒤 대화 도중 그때 이야기를 꺼내며 섭섭하다는 말을 전했다. 기자에게는 쉬운 일이어도 고인에게는 어려운 일이었다고. 심장이 덜컹했다. 기자도 잘 쓰지 못하는 글인데, 그 정도도 해주지 못하고 고인을 아프게 했다니. 누구에게는 쉬워도 누구에게는 어려운 게 이 세상에 얼마나 많은데.

칼 융은 인간의 마음을 완벽하게 이해한 사람으로 예수와 부처를 들었다. 즉 사람의 무의식과 의식을 100퍼센트로 놓고 볼 때 대부분의 사람은 10퍼센트 정도의 의식으로 살아가는데, 예수와 부처는 무의식과 의식 모두를 쓰는 사람이었다는 것이다. 그게 가능한 건 바로 몰입이 아니었을까? 구원과 깨달음이라는 몰입 말이다.

고인의 감사 몰입은 메모식의 문장이 만들었을지도 모른다. 문장보다 "감사합니다"처럼 단어 하나에 꽂혀 수많은 생각을 하고, 이를 많은 이들에게 전달하겠다는 몰입의 삶, 그 키워드는 역시 "감사", 참 감사를 알려준 고인의 명복을 다시 빈다.

# 사랑하는 아버지를
# 그리워하며

## 김성중
### 김용환 대표 장남

　2023년 겨울과 봄 사이 어느 한적한 토요일 아침, 아버지와 단둘이 있었습니다. 점심으로 무엇을 먹을까 고민하다가 아버지가 좋아하시던 들깨 옹심이와 팥죽을 먹으러 바위와 소나무로 향했습니다. 날이 좋아서 그런지 식사하러 나온 사람들이 많았습니다.

　맛있게 그릇을 비운 후 집으로 향하다가 가게 나가는 길목에서 군고구마를 파는 걸 보고 지나치지 못하시고 사장님께 말을 걸면서 따끈한 고구마 한 봉지를 달라고 하셨습니다. 마침 옆에 고구마를 먹을 수 있도록 카페까지 같이 영업을 하는 음식점이라 좋은 자리를 찾아 앉았습니다.

　겹겹이 쌓인 신문지를 풀어헤쳐 아직 난로의 열기가 느껴지는 고구마를 반으로 잘라 껍질을 조심조심 벗겨내기 시작했습니다. 그렇게 아버지와 저는 호호 불며 한 입 한 입 입천장이 허락하는 내에서 고구마를 조금씩 해치워 나갔습니다. 봄기운이 느껴지는 햇살을 받으신 아버지는 피곤한 안색이셨지만 아들과 시간을 보내며 점심시간을 보내는 것이 좋으셨는지 아버지의 얼굴에선 기쁨이 느껴졌습니다. 그렇게 후식까지 먹고 배를 채운 후, 주인아저씨가 가꾸어 놓은 정원을 한 바퀴 돌고 어느 한 날의 점심시간을 행복하게 보냈습니다.

오후 예배를 마친 후 아버지와 함께 차를 타고 집으로 귀가하려 했습니다. 하지만 여느 때와 마찬가지로 아버지는 예배에 참석하지 못하신 한 성도님의 집을 방문하기를 원하였습니다. 그 성도님은 몸이 불편하셔서 예배에 오시는 것이 쉽지 않으신 분이셨습니다. 이 성도님 댁의 방문은 몇 달 동안 아버지가 꼭 지키시는 일요일의 일과 중 일부가 되었습니다.

가셔서 무엇을 하시냐고 여쭤보면 아버지는 기도해드리고 오시거나 몸이 불편하셔서 처리하기 힘든 일들을 도와주고 오신다고 하셨습니다. 그 성도님도 그것에 감동하셨는지 아버지를 형님으로 모시고, 식사를 함께하시거나 집에 갈 때면 아버지께 먹을 것을 챙겨주셨습니다. 아버지는 정중히 거절하셨지만 성도님의 진심을 이내 못 이기시고 가져오시곤 하셨습니다.

부모님과 함께 인천 영종도의 한 호텔에서 휴가를 보내게 되었습니다. 일찍 일어나 호텔 내부에 있는 사우나로 아버지와 동행하게 되었습니다. 그곳에는 천장이 뚫린 자그마한 노천탕이 있었습니다. 따뜻한 온천탕에 몸을 담그고 시원한 공기를 쐬며 개방감과 함께 목욕할 수 있는 곳이었습니다. 아버지도 만족하셨는지 너무 좋다고 오길 잘했다고 하셨습니다. 특히 아들과 이런 시간을 보낸다는 것이 행복하다고 하셨습니다. 제 존재만으로 아버님께 기쁨을 줄 수 있다는 것이 감사하고 기뻤습니다.

할머니께서 류머티즘 관절염으로 걷기가 불편해지셔서 휠체어를 타고 다니시게 되었습니다. 때문에 차로 갈 수 없는 계단이나 언덕 같은 곳은 가시는 게 쉽지 않았습니다. 할머니는 사교적이고 외향적인 분이셨기 때문에 갑갑함을 많이 느끼셨습니다. 이러한 점이 안타까우셨는지 아버지는 산행을 가실 때면 할머니를 자주 모시고 갔습니다. 귀가하셨을 때 도대체 할머니를 모시고 산을 어떻게 갔다 오셨는지 여쭤보니 사진을 보여주시며 할머니를 업고 다녀오셨다고 하셨습니다.

우리 가족이 다니던 교회는 3층에 있지만 오래된 건물이라 엘리베이터가 없었습니다. 그렇게 아버지는 일요일마다 할머니를 등에 업으시고 교회 건물을 하루에도 몇 번씩 오르락내리락하셨습니다. 그렇게 아버지는 할머니를 참 많이 업고 전국 방방곡곡을 다니시며 할머니의 다리가 되어 주셨습니다.

# 온 누리에 감사나눔을 전파하겠다는
# 김 대표의 못다 이룬 꿈에
# 힘을 보태리다

**안남웅**
감사나눔신문 본부장

내가 김용환 대표를 처음 만난 것은 1995년 5월경이었다. 당시 신학생이었던 나는 전도사로서 교회 사역의 경험을 쌓기 위해 사역할 교회를 찾아다니던 참에 중계동의 어느 작은 교회를 방문하게 되었는데 그 교회에서 집사로 신앙생활을 하고 있던 김 대표를 만났다. 처음 만날 때부터 그는 달변가였다. 그 당시 그는 책을 월부로 판매하는 할부 책 영업사원이었다. 가정적으로는 뇌성마비를 앓고 있는 아들 '이삭'이로 인하여 온 가족이 매우 힘들어하는 상황이었다.

김 대표의 어머니가 항상 이삭이를 등에 업고 계셨는데 이삭이가 몸을 가누지 못한 채 몸을 뒤로 젖히는 바람에 할머니는 허리를 앞으로 숙일 수밖에 없었고, 그로 인해 할머니의 등은 항상 꼽추처럼 굽어 있었다. 그러다 보니 온 가족이 할 수 있는 것이라곤 기도 외에는 다른 방법이 없었다.

기도원 생활을 통해 나름대로 기도에 관하여는 어느 정도 관록이 쌓여 있던 나는 그들에게 올바른 기도와 예배에 대하여 가르치는 것이 필요하다고 생각되어 그때부터 밤 9시 기도회를 만들어 성경공부와 기도 모임을 갖기 시작하였다.

그 당시 그들의 형편이 워낙 절박했던 터라 피곤함도 잊어버린 채 하루도 빠짐없이 김 대표 어머니, 김 대표, 김 대표 아내, 아들 성중이 4명이 다른 교인들과 함께 밤 9시만 되면 교회에 나와 간절히 부르짖으며 기도에 매달렸다. 1996년 여름에 내가 미국으로 이민을 떠난 이후에도 그 기도 모임은 오랫동안 지속되었다. 그리고 그는 일 년에 거의 한 달에 한 번씩 안부 전화를 했다. 만약 그의 안부 전화가 아니었다면 우리의 관계는 그 이후로 끊어졌을 것이다. 이 부분이 김 대표가 가진 대인관계의 가장 탁월한 장점이 아닌가 싶다. 그는 한번 관계를 가진 인연은 절대로 먼저 끊는 법이 없는 사람이다.

그에게 성경공부를 가르치면서 내가 가장 집중적으로 가르친 부분이 '감사와 순종'이었다. 나는 그 당시 말할 수 없는 고난 가운데 처해 있는 그에게 이 두 가지야말로 가장 필요한 덕

감사나눔의 향기

목이라고 판단했기에 감사와 순종을 가르쳤다. 감사도 그냥 입으로만 하는 감사가 아닌 손가락을 꼽아가며 하루에 1,000번씩 입으로 선포하며 표현하는 감사를 가르쳤다.

그리고 하나님과 가르치는 자에게 순종을 하되 순종의 3대 원칙인 '즉시, 온전히, 기쁘게'를 수도 없이 강조하고 또 강조했다. 다행히 그는 내가 지시하는 대로 성경 수십 구절을 암송하였고, 심히 어려운 상황 속에서도 책을 팔아 힘겹게 번 수천만 원도 교회에 헌금하도록 권면한 나의 제안에 순순히 순종의 3대 원칙에 따라 순종하였다. 1996년도 그 당시 수천만 원은 지금의 가치로 따지자면 아마 수억 원은 될 것이다. 그 순종의 결과로 문 닫기 직전의 교회가 40년이 넘게 예배를 드리고 있고, 많은 주의 종들을 배출하고 많은 영혼을 구원의 길로 인도했으니 아마 김 대표는 하늘나라에서 하나님께 큰 상급을 받았을 것이다.

일 년에 몇 번씩 잊을 만하면 전화를 하면서 무슨 일을 하고 있느냐고 물으면 신문사에서 마케팅 일을 하면서 NGO 활동을 하고 있다고 이야기를 했다. 그 정도로만 알고 있던 내가 갑자기 한국에 들어올 일이 생겨서 2010년경 한국을 방문하여 그때 김 대표를 만났는데 감사를 전문으로 하는 신문사를 창업했다고 말했다. 그 소리를 들은 나는 한동안 정신이 멍한 채 그를 쳐다보았다. 나 역시 그동안 미국에서 나를 괴롭히던 '왕언니'로 인하여 100감사를 창안하는 계기가 되어 100감사에 푹 빠져 살고 있었고, 100감사의 위력을 여러 교회에 전파하고 있던 터라 하나님께서 내가 알지 못하는 어떤 일을 계획하시고 만들어 가시는 게 아닌가 하는 생각이 순간적으로 내 머리를 스치고 지나갔기 때문이었다.

이어서 그는 나에게 회사에 직원이 몇 명 있으니 기자들에게 감사에 관련된 교육을 해달라고 부탁을 하였다. 일단 수락을 하고 다음 날 국회의사당 앞에 있는 동아빌딩에 위치한 회사를 방문하니 회사 직원 몇 명과 김 대표 지인 몇 명을 합쳐서 10여 명 정도가 기다리고 있었다. 그동안 미국에서 내가 경험한 100감사에 관한 강의를 마치고 각자가 소중한 사람에게 100가지 감사를 써 볼 것을 강조하고 강의를 마무리하였다.

그런데 강의를 진행하면서 항상 느끼는 점이지만 강의를 듣는 자들의 자세와 집중도를 보면 그 강의가 그들에게 어느 정도 영향을 주고 있는가를 대충 알 수가 있다. 그날 강의를 하는데 유독 빨려들 듯이 강의에 집중하는 젊은 아가씨 직원이 있었다. 나중에 김 대표에게 물어보니 회사에서 은행 업무, 복사, 커피 타기 등 여러 가지 일을 하는 직원이라고 하였다. 그런데 강의가 끝나고 나는 그 여직원에게 장차 꿈이 뭐냐고 물

감사나눔의 향기

어보았다. 그랬더니 그녀는 당차게 장차 세계 100대 유명 여인에 포함되는 것이 꿈이라고 하였다. 너무나 당차게 대답을 하는 그녀에게 무시하는 말을 할 수 없어서 용기와 격려 차원에서 매일 100감사를 쓰면 가능할 것이라고 오프라 윈프리의 예를 들면서 격려를 하였다.

그리고 나는 미국으로 돌아왔고 그녀와의 대화를 잊어버렸다. 6개월 정도가 지났을 무렵 김 대표로부터 전화가 와서 다시 한번 한국에 와서 강의해줄 수 없겠냐고 요청을 해왔다. 그러면서 전번에 강의를 들은 여직원이 내가 권면한 대로, 매일 100감사를 쓰고 등 돌리고 살아왔던 어머니와의 관계가 회복되어서 어머니가 전화에 딸을 '싸가지'로 적어놓았던 것을 이젠 '퍼스트레이디'로 바꾸었다며 유지미 기자의 사례를 들려주었다.

그러면서 100감사를 전국으로 확산시킬 수 있는 좋은 사례가 계속 나오고 있으니 다시 한번 와서 강의를 해 달라는 부탁이었다. 유지미 기자는 그 이후 '감사의 여제'라고 불릴 만큼 감사나눔의 상징으로 인정받으며 100감사를 전파하는 유명강사로 활동하였다. 2010년부터 6개월마다 한국을 방문하여 기업체, 지자체, 군부대, 학교 등 수 많은 단체에서 강의하게 되었고, 지금은 아예 미국에서의 목회를 후임자에게 인계하고 조기 은퇴하여 한국으로 영구 귀국하여 전국 교도소 수용자들을 상대로 감사나눔을 통한 인성교육을 하고 있다.

　물론 이 모든 게 하나님의 계획 아래 이루어진 것이지만 김 대표의 한번 맺은 인연은 포기하지 않는 그의 끈질긴 인간관계의 노력 때문이라 믿는다. 절친 중에서도 절친이었던 김 대표를 떠나보내고, 이제 내가 할 일은 온 누리에 감사나눔을 전파하겠다는 김 대표의 못다 이룬 꿈에 부족하나마 힘을 보태는 것이며 이것이 앞으로 내가 해야 할 버킷리스트가 아닌가 한다.

# 감사나눔의 화신,
# 감사나눔의 전설,
# 김용환 대표님!

**양병무**
감사나눔연구원 원장

"감사나눔신문 창간을 축하드립니다."

신문이 세상에 처음으로 인사하던 2010년 1월 8일, "세상에 이런 신문도 있구나" 하면서 놀라움을 금할 수 없었습니다. 세상의 뉴스를 보면 생각지도 못한 많은 사건, 사고로 걱정이 많은데 감사와 나눔을 전하는 신문이라니 얼마나 좋을까 생각하게 되었습니다. 머리가 맑아지는 느낌이었지요. 기대와 설렘이 있는 신문이지만 한편으로 얼마나 지속할 수 있을까 하면서 은근히 걱정되기도 했습니다. 콘텐츠가 좋아도 지속 가능한 경영은 결코 쉬운 일이 아니었기 때문입니다.

그러나 대표님을 만나면 언제나 해맑은 웃음으로 감사나눔에 대한 열정과 확신을 가지고 감사로 만드는 아름다운 세상을 꿈꾸고 역설하는 모습이 감동이었습니다. 제가 서울사이버대학교 부총장을 하다가 2010년 5월, 재능교육 대표이사로 갔을 때 매달 명사 초청 특강 시간을 마련했습니다. 사회 각계의 명사를 초청하여 임직원을 상대로 강의하도록 한 것이지요.

어느 달에 대표님을 초청하여 감사나눔 강의를 들었습니다. 대표님은 감사쓰기와 감사의 힘을 역설하고 감사나눔운동을 하게 된 계기도 소개했습니다. 아들이 장애아로 태어나 병원에서는 몇 달밖에 살 수 없다고 했으나 어머님과 온 가족이 아이를 지극 정성으로 보살핀 덕분에 14년 넘게 살면서 집안에 복덩이가 된 이야기는 감동 그 자체였습니다. 회사에서도 임직원이 감사나눔신문을 정기적으로 구독하도록 하고, 매일 5감사쓰기를 하고 감사경영을 하여 감사의 열기가 조직으로 퍼져 나가 직원들에게 기쁨과 소망을 주었습니다.

당시 허남석 사장님이 CEO로 있는 포스코ICT의 감사나눔 페스티벌에도 참석하여 포스코에서 일어나는 감사의 기적을 듣고 감동의 시간을 가지기도 했습니다. 재능교육의 노사문제를 마무리하고 인천재능대학교 교수로 가서도 감사나눔의 마음은 늘 함께했습니다. 대표님은 만날 때마다 감사의 힘을 설파하며 지혜와 용기를 주었습니다. 모임이 있을 때 늘 초청해 주셔서 아름다운 감사의 끈을 이어갈 수 있었습니다. 대표님은 또한 서울클럽 조찬 모임을 만들어 많은 초청 강사가 감동적인 감사사례를 발표하고 감사의 울타리에 머무르며 감사운동을 지속할 수 있는 힘을 공급해 주셨습니다.

학교 정년퇴직을 앞두고는 "감사운동을 함께 하자"며 행복한 세상을 같이 만들어가기를 적극적으로 권유하셨습니다. 2022년 9월, 감사나눔연구원 원장에 취임하면서 매일 감사 이야기를 나누며 본격적인 감사의 길로 들어섰습니다.

대표님과의 감사 동행은 기쁨과 즐거움과 축복 그 자체였습니다. "원장님을 통해 감사나눔의 기적이 일어날 것입니다. 가까이 있는 사람을 기쁘게 하면 멀리 있는 사람이 찾아온다는 '근자열近者說 원자래遠者來' 철학으로 감사가 가정과 직장과 사회에 메아리칠 때 대한민국은 행복한 선진국이 될 수 있습니다." 매일 얼굴을 맞대고 대화하고 점심 식사 후에는 여의도 샛강에서 제갈정웅 이사장님, 안남웅 본부장님과 함께 맨발 걷기를 했습니다. 대표님은 대화하면서도 마지막은 기승전 감사였습니다. 모든 길은 감사로 통했지요. "감사나눔의 화신, 감사나눔의 전설 김용환 대표님!" 대표님은 감사에 대한 열정과 집념과 끈기 그 자체였습니다.

2022년 10월 13일, 법무부 교정본부신용해 본부장와 감사나눔연구원제갈정웅 이사장이 업무협약MOU을 체결하던 날, 대표님은 기쁨과 감격을 감추지 못했지요. 지금까지 기업, 군부대, 학교 등 곳곳에서 감사나눔운동을 펼쳐온 대표님이었기에 가장 소외된 계층인 교도소에 감사나눔신문을 보급하고 감사나눔 인성교육을 실시하는 '만델라 프로젝트'를 펼치는 역사적인 순간을 맞이했기 때문입니다.

"원장님, 드디어 이런 날이 왔네요. 교도소가 더 이상 범죄학교가 아니라 갱생의 장소, 재활의 온상이 되어야 합니다." 확신에 찬 목소리로 강조했습니다.

교도소에서 강의할 때의 모습은 정말 명강사님이셨지요. 진심과 진정을 다해 쏟아내는 강의는 수용자들의 마음을 따스하게 만들고 감동의 도가니로 몰아넣었습니다. 저는 대표님의 강의에 감명을 받고 저절로 메모하여 "'참여형' 교육으로 수용자들의 열띤 호응 이끌어"라는 제목으로 강의참관기를 쓰기도 했습니다. 강의하면서 대표님은 참석자 한 사람 한 사람과 눈높이를 맞추고 질문하면서 강의를 이끌어 가는 덕분에 3시간 강의 시간이 금방 지나가는 느낌이었습니다.

대표님은 감사를 전파하는 곳이면 어디든 달려갔습니다. 대표님의 가방은 늘 무거워 보였습니다. 가방 안에는 감사 책, 다이어리, 감사나눔신문 등으로 가득차 있기 때문이었습니다. 우리나라 유일의 감사나눔신문, 아니 세계 유일의 감사나눔신문을 이끄는 무게만큼이나 무거웠습니다. 그 짐이 너무나 힘들었을까요? 대표님이 그 무거운 가방을 내려놓은 채, 2023년 7월 11일 아무 말씀도 없이 우리 곁을 떠나셨습니다.

어찌 이런 일이 있을까요? 자나 깨나 감사나눔을 생각하던 사람, 감사나눔의 전설 김용환 대표님이 갑자기 우리 곁을 떠나시다니요. 100세까지 감사를 전파하자고 굳게 다짐했던 대표님이 안 계신다는 사실이 믿어지지 않았습니다. 아니 믿고 싶지 않았습니다. 하늘도 대표님이 떠난 자리를 아쉬워하며 한없는 눈물을 흘리셨습니다. 이 세상을 떠나시는 그날도 사랑하는 사람들의 눈물이 빗방울이 되어 내렸습니다. 다음 날도 눈물을 흘리고 또 흘렸습니다. 대표님은 함석헌 선생이 노래한 "그 사람을 그대는 가졌는가?"라고 물으면 "네, 김용환 대표님을 가졌습니다"라고 말하고 싶은 분이셨습니다.

대표님은 참 순수한 분이었습니다. 어쩌면 이렇게 순수할 수 있을까요. 공자님이 논어에서 시 300여 편을 정리하시고 나서 한마디로 말씀하신 "사무사思無邪, 생각함에 있어서 사악함이 없다"는 시인의 마음으로 사셨습니다. 너무나 순수했기에 감사나눔신문 발간이란 꿈을 꾸고 도전할 수 있었습니다.
대표님은 참 따뜻한 분이셨지요. 대표님의 말을 듣고 있노라면 마음이 편안해지고 저절로 힘이 생기는 것을 느낄 수 있었습니다. 따뜻했기에 본인은 아무리 힘이 들어도 내색 한 번 하지 않고 몸과 마음을 다해 다른 사람을 위로하고 격려하고 지지했습니다. 다른 사람들을 위해 에너지를 전부 소진하다 보니 자신에게 쏟을 에너지가 고갈되고 말았습니다.

대표님은 꿈꾸는 영원한 청년이었습니다. 감사가 대한민국에 퍼져나갈 때 우리나라가 살고 싶은 세계 최고의 나라가 된다고 흔들림 없이 믿고 그 길을 달려갔습니다. 감사나눔이 행복의 근원이라 믿었습니다. 가정이 행복해야 직장이 행복하고 공동체가 행복하다고 믿고 감사로 명문 가문을 만들자고 깃발을 들고 앞장서셨습니다.

기업에 감사가 꽃피게 했습니다. 군부대 젊은 장병들에게 감사를 전파했습니다. 고사리 같은 손을 흔드는 어린이들에게 감사의 마음을 싹트게 했습니다. 교도소 담장 안에 감사의 씨앗을 심었습니다. 전국 55개 교도소에 감사의 향기로운 꽃이 피어나게 했습니다. 요양병원에 감사를 전파하여 행복한 공동체가 되게 만들었습니다. 살신성인殺身成仁의 자세로 삶을 사셨지요. 다른 사람을 위로하고 격려하고 지지하기 위해 모든 것을 바치셨습니다. 다른 사람의 건강을 위해 온 힘을 기울였습니다.

감사나눔의 향기

자신의 몸은 뒤로한 채 남을 위한 삶을 사셨지요. 대표님이 주신 말씀이 하루를 여는 원동력이 되었습니다. "소중하신 원장님!" 하시며 늘 힘을 주시던 따뜻한 대표님이 그립습니다. 이제 감사나무가 꽃을 피우기 위해 꽃망울을 머금고, 14년 동안 비바람을 맞으며 가꾸어온 나무였습니다. 꽃이 피려는 순간 대표님께서 아낌없이 주는 나무처럼 모든 것을 주시고 홀연히 우리 곁을 떠나셨습니다. 무거운 짐 내려놓고 하늘나라에서 영원한 안식을 누리소서. 대표님이 자주 사용하시던 미소, 감사미소감사합니다. 사랑합니다. 미안합니다. 소중합니다를 보내드립니다.

# 대표님께서 뿌리신
## 감사의 씨앗이 자라서,
# 꽃 피운 이야기는 계속됩니다

**이경희**
감사나눔신문 경영지원실장

김용환 대표님과 인연은 '감사나눔신문사'에 입사하면서 시작되었다. 입사 첫날 여의도 동아빌딩 313호 사무실 공간은 '감사나눔신문사'라는 이름과 전혀 다른 색깔을 띤 곳이었다. 전선들은 널브러져 춤을 추고 있었고, 이름 모를 박스들은 사무실 공간을 가득 메우고 있었다. 신문사의 분위기가 생각했던 것과 사뭇 달랐지만, 내가 섬기는 교회와 근접한 거리에 있다는 것에 초점을 맞추어 감사나눔신문사에 몸을 담게 되었다.

입사 후에 왜 이곳이 감사나눔신문사인지 느끼게 되었다. 대표님은 나에게, 팀원들에게 고맙다는 인사를 늘 잊지 않으셨다. 같이 일하는 팀원들이 지방 교육 일정을 마치고 서울로 올라오는 시간은 늘 오후 늦은 밤이거나 새벽을 깨우는 시간이었고, 나 또한, 잦은 야근을 했다. 그럼에도 우리는 서로 감사하며 응원했다. 사무실이 아니라, 나 자신과 대표님, 팀원들 각자가 감사나눔신문사가 되었다.

대표님은 둘째 아들 이삭이를 통해 고난 중에도 감사할 수 있음을 배웠다고 고백하셨다. 이삭이는 뇌성마비를 앓고 태어나서 6개월도 살지 못할 것이라는 진단을 받았다. 가족들은 이삭이를 위해 밤낮으로 기도했다. 또한, "하루에도 감사를 백 번이고 천 번이고 하십시오"라는 목사님의 조언에 따라 매일 이삭이를 안고 말했다. "하나님 감사합니다. 감사합니다." 그러자 6개월도 살지 못한다던 이삭이는 14년을 더 살고 주님의 품으로 돌아갔다. 대표님의 가정은 이삭이를 통해 작은 일에도 감사할 수 있게 되었다고 말씀하셨다. 그것이 이삭이가 주고 간 선물이었다. 대표님은 그 선물을 고난 가운데 사는 다른 사람들과 나누고 싶어 하셨고, 이를 위해 감사나눔운동에 앞장서게 되었다고 하셨다.

그 바람이 하늘에 닿았을까? 감사나눔운동이 개인, 가정, 기업, 학교, 병원, 공기관, 군부대, 자치단체에 전파되는 전성기를 맞으며, 우린 환호성과 함께, 가슴 따뜻한 추억도 남길 수 있었다. 그 기쁨도 잠시, 우리는 재정의 벽에 부딪혔다. 그런 상황에서도 든든한 버팀목이 되어주신 건 대표님이었다. 대표님께서는 나에게 '감사합니다' 천 번을 마음속으로 세거나 쓰도록 했다. 마음속으로 '감사합니다'를 100번을 세고 나면 왼손부터 엄지손가락을 접고, 200번을 세고 나면 검지손가락을 접고, 300번을 세고 나면 중지를 접고, 그렇게 왼손, 오른손 열 손가락 전부를 접어 천 번을 세도록 했다. 대표님은 로마서 말씀을 주시며 힘든 상황에서도 소망을 잃지 말자고 하셨다.

> "다만 이뿐 아니라 우리가 환난 중에도 즐거워하나니 이는 환난은 인내를, 인내는 연단을, 연단은 소망을 이루는 줄 앎이로다."
>
> – 로마서 5:3~4

그럼에도 나는 여러 현실적인 압박 때문에 서서히 지쳐가고 있었다. 인성교육하는 곳에서 소음으로 인한 민원의 소리, 신문 발행에 제반된 인쇄비, DB 작업비, 임차료 등 감사 공간에서 기본적인 신뢰를 지키지 못하는 것에 한 치 앞이 깜깜했다. 확실하지 않은 것들, 이해할 수 없는 것들, 완전하지 않은 것들이 편재되어 대표님을 이해하지 못할 때도 있었다. 하루는 감당하기 어려운 상황에 대표님께 아픈 말도 했다.

"대표님, 양치기 소년이십니까?" 그런 말에도 대표님은 묵묵히 듣고만 계셨다. 그런 대표님을 보자면 정말 답답했다. 적막을 깨고 대표님은 말했다.

감사나눔의 향기

"이 실장…. 현실을 바라보지 말고 마음이 힘들 때면 '감사합니다'를 마음속으로 천 번을 말해보세요. 그러다 보면 금세 아픔도 슬픔도 사라집니다."

대표님은 어려운 상황에서도 '감사'라는 신념을 잃지 않고 계셨다. 그 후 대표님은 은행의 도움을 받아 운영비를 마련하면서까지 가슴 시린 감사나눔운동을 전개하셨다. '왜, 그렇게까지 하셔야 합니까?' 속으로 되뇌었다. 현실의 고통 속에서 감사가 가지는 힘에 대해 자문자답하기도 했다.

대표님은 세상 사람들이 추구하는 명예, 지위, 부귀영화, 신체적인 삶조차도 무의미하게 느끼며 오직, 감사나눔을 전파하는 사명을 잊지 않으셨다. 인고의 세월을 밀고 당기듯, 거센 풍파가 상처를 입혀도 굴하지 않는 자세로 꿋꿋하게 사명을 이어가셨다. 대표님의 감사나눔 전파를 위해 고군분투하시는 모습을 보고, 현실과 감정 속에서 괴리감을 느끼던 나의 모습에도 변화가 생겼다. 나의 삶은 감사의 삶으로 서서히 습관화가 되어가고 있었다.

대표님과 감사에 대한 수많은 대화와 셀 수 없는 지방 출장길이 있었지만, 특별하고 아찔한 순간, 내 심장이 멈추었던 상황감사가 있다. 2019년 10월 16일 강원도 23사단 신병 교육대대 인성교육 강의에 대표님을 모시고 동행하게 되었다. 가는 도중 대표님을 대신해 나는 운전대를 잡았다. 인제 양양 터널 부근을 지나던 때였다. 차선 변경을 하는 도중, 앞에 갑자기 검은색 벤츠 E300이 보였다. '이건 뭐지?' 하는 순간 옆에 계신 대표님이 크게 외치셨다.

"브레이크! 브레이크!"

당황한 내 발은 이미 엑셀을 밟고 있었다. 핸들에 얼굴을 파묻고 한참 동안 고개를 들 수가 없었다. '인사 사고면 어쩌지? 벤츠 E300이면 수리비는 또 얼마일까? 교통사고 후유증으로 남의 삶을 힘들게 하면 어떻게 하지?' 여러 가지 부정적인 생각에 사로잡혀 두근두근한 가슴은 좀처럼 안정되지 않았다. 살짝 눈을 들어보니, 피해 차량의 선생님과 사모님 그리고 대표님의 모습이 보였다. 차에서 내려 두 분께 울먹이며 사과를 드렸다.

"다치신 데는 없으신지요?"

"인사 사고가 아니라서 다행입니다. 다만 벤츠를 출고한 지 얼마 되지 않은 신형이라 마음만 조금 그렇네요! 허허허…."

선생님과 사모님은 웃음을 띠시며 보험사 처리로 하면 되니 마음 편하게 가지라며 오히려 위로해 주셨다. 사고 수습 후 온갖 부정적인 생각에 사로잡혀 있는 내게, 대표님은 부정적인 생각은 내려놓고 '긍정 정보' 입력에 집중해 보라고 하셨다.

감사나눔의 향기

'인사 사고가 아니라서 감사합니다.' '피해 차량 운전자가 마음이 넓으신 분이라서 감사합니다.' '보험에 가입되어 있어 감사합니다.' '보험사 사고 절차가 신속하게 처리되어 감사합니다', '이 순간 살아있어 감사합니다.'

생각지도 못한 벤츠와의 접촉 사고가 '감사'와 '긍정 정보' 입력의 중요성을 새삼 일깨우는 계기가 되었음에 감사한다.


'이 실장!'하고 부르시던 대표님의 따뜻한 목소리가 그립습니다. 김용환 대표님이 뿌리신 감사 씨앗은 대표님이 떠나신 후에도 여전히 자라고 있습니다. 많이 보고 싶습니다.

# 07

# 감사의 별이 된
## '감사나눔바라기
# 김용환 대표님께 드리는 100감사'

**이성미**
감사나눔연구원 사무총장

1. 살아 생전에 드리고 싶었던 100감사를 이제야 하늘 천국으로 올려드립니다. 죄송합니다. 그럼에도 대표님을 기억하며 100감사를 쓸 수 있는 시간을 선물로 주셔서 감사합니다.

2. "반가워요~" 감사나눔신문사에서 처음으로 대표님을 뵀을 때 선한 눈빛과 따스한 미소로 참 편안하고 반갑게 인사해 주셔서 감사합니다.

3. 저를 볼 때마다 "어쩜 웃는 모습이 그리 밝아요? 여기가 다 화사해집니다~^^" 대표님의 말 한마디에 제 입꼬리가 씨익~~ 올라간 적이 한두 번이 아니었어요. 말 한마디로 사람의 기분을 살리고 세워주신 대표님은 사람을 세우는 탁월한 리더셨습니다, 감사합니다.

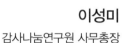

4. 신문사에 앉아있으면 "커피 마실래요?" 하시며 먼저 일어나셔서 커피도 타주시고 물도 갖다 주셨던 대표님을 뵈면서 어쩜 이렇게 상대를 배려하시는 모습이 몸에 배어계실까? 늘 제게 섬김의 리더십을 보여주신 분이 대표님이셨기에 감사합니다.

5. 언젠가 대표님께서 따스한 쑥이 들어있는 주머니를 갖고 오셔선 한 사람 한 사람 챙겨주셨고 저한테도 쑥주머니를 주시며 배를 따스하게 하라고 하셨지요. 태어나서 처음으로 쑥주머니를 배에 올리니 배만 따스해진 게 아니라 대표님의 따스한 맘까지 갑절로 느껴졌습니다. 친정 오빠처럼 자상하게 챙겨주셔서 감사합니다.

6. 대표님의 얼굴이 선하시고 동안이셔서 뵐 때마다 편하게 다가갈 수 있었기에 감사합니다.

7. 대표님의 웃음은 '순수한 소년'의 웃음 그 자체였습니다. 한 번씩 크게 웃으실 때마다 저도 덩달아 따라 웃게 해 주셨던 대표님, 기분 좋게 웃게 해 주신 것 감사합니다.

8. 메모광이셨던 대표님은 늘 손에 메모지가 있으셔서 세미나와 강의에서 또 누군가의 이야기를 들으시면서도 부지런히 듣고 열심히 메모하셨습니다. 대표님을 통해 '적자생존'의 의미와 메모의 중요성을 배우게 해 주셔서 감사합니다.

9. 책을 좋아하셨던 대표님은 지방 출장을 가실 때도 무거운

책을 여러 권 갖고 가셔선 틈만 나면 책을 읽으셨습니다. 늘 배움의 열정을 놓지 않으셨던 대표님을 통해 이젠 '책'하면 대표님의 얼굴이 떠오르며 저도 독서습관의 중요함을 깨닫고 실천하게 됐기에 감사합니다.

10. 대표님의 감사나눔의 열정은 타의 추종을 불허할 정도로 엄청나셨습니다. 기승전 감사나눔으로 만나는 사람들에게 감사의 에너지를 폭발적으로 불어 넣어주셔서 감사합니다.


11. 대표님의 감사 스토리를 들으며 가슴으로 울었던 적이 있습니다. 아들과 어머님을 하늘나라로 먼저 보내며 힘드셨을 마음을 감사로 승화시키시며 선한 영향력이 되어주셨던 대표님, 감사의 위력을 보여주셔서 감동, 감사합니다.

12. "감사합니다" 대화를 마치면 꼭 마지막은 '감사합니다' 늘 이 5글자를 입에 달고 사셨던 대표님은 제게 일상에서의 감사의 습관화를 몸소 보여주셨던 '참 감사人'이셨습니다. 감사합니다.

13. 감사나눔 가족들을 이끄는 수장으로서 신문사를 운영하심에 있어 여러 어려움이 많으셨을 텐데도 늘 묵묵히 자리를 지키며 감당해 내주셨습니다, 감사합니다.

14. 언젠가 전화를 주셔선 "감사습관화를 만들어야 하는데 어떻게 하면 될까요?"라고 하시며 감사에 대한 이야기를 하시는데, 어찌나 열정으로 말씀하시는지 내용도 내용이었지만 대

표님의 감사에 대한 사랑을 새삼 또 느끼며 감사에 푹 빠진 리더의 멋진 모습을 보게 해 주셔서 감사합니다.

15. 성경 말씀을 보시다가 깨달음을 얻으시거나 통찰이 있으실 때면 마치 보석을 발견하신 것처럼 그 은혜를 나눠주시며 기뻐하셨습니다. 은혜의 말씀을 공유해 주셔서 감사합니다.


16. 어르신들을 보면 자동으로 안마와 마사지를 해 주시며 몸도 마음도 편하게 해 주셨던 대표님은 보기 드물게 어르신들을 참 잘 섬기고 챙기셨어요. 부모님을 대하듯 한 분 한 분 잘 섬기셨던 대표님, 이 시대의 진정한 '효'의 롤 모델을 보여 주셔서 감사합니다.

17. 가족을 위해 희생하신 어머님에 대한 사랑이 크셨던 대표님, 그런 어머님께 좋은 아들이 되기 위해 최선을 다하시며 선한 본이 되어주심도 감사합니다.

18. 언젠가 사모님과의 연애사를 물었던 적이 있는데 사모님을 만난 것이 내 삶에 가장 큰 행복이며 축복이라고 말씀하셨지요. 사모님에 대한 칭찬이 대단하셨어요. 너무나 착하고 과분한 사람을 아내로 맞이하셨다며 고맙고 미안하다고 하셨어요. 아내를 사랑하고 존경한다고 말씀하셨던 대표님의 진솔한 마음에 나도 훗날 이런 말을 남편에게 들으면 좋겠다는 소망을 품게 해 주셨기에 감사합니다.

19. 아드님인 성중 형제가 속이 깊다며 참 자랑스러워하셨

던 모습이 떠오릅니다. 아들 이야기를 하면서 행복한 미소를 보이셨던 아빠의 모습이 참 정겹게 느껴졌기에 감사합니다.

20. 가장으로 부족한 게 많다며 맘 쓰셨던 대표님의 모습이 아른거립니다. 그럼에도 좋은 아빠와 남편이셨음을 알기에 감사합니다.


21. 가끔씩 이른 아침이면 대표님이 기분 좋은 목소리로 전화를 주셔선 안부를 물으시고 오늘 해야 할 중요한 일 3가지를 묻곤 하셨습니다. 그때마다 질문의 힘을 느끼며 하루를 알차게 살 수 있도록 도움을 주시고자 하는 인간미를 느끼게 해 주셔서 감사합니다.

22. "진짜 하고 싶은 게 뭐에요?" "뭘 하고 싶어요?" 제게 의미 있는 질문을 던져주셨던 대표님, 그때마다 정신이 번쩍 뜨이며 나 스스로를 성찰할 수 있는 시간을 갖게 해 주셔서 감사합니다.

23. 대표님은 어쩜 그렇게 부지런하신지요? 일찍 출근하고 성실히 열정을 다해 일하시는 모습을 뵐 때마다 삶과 일을 대하는 태도를 배우게 해 주셔서 감사합니다.

24. "우리 교회에 올 수 있나요? 좋은 세미나가 오후에 있으니 꼭 오면 좋겠어요" 대표님의 전화를 받고 다행히 오후 시간이니 주일예배 시간과 겹치지 않아 갈 수 있었습니다. 생명회복개발원에 이강구 원장님을 초대해 하나님이 기뻐하시는 금

식에 대한 건강세미나를 들으며 처음엔 다소 생소하고 낯선 내용이었지만, 대표님 덕분에 건강한 금식에 대한 인식을 새로이 할 수 있는 기회를 갖게 됐기에 감사합니다.

25. 교회를 찾아가는 길이 초행길이라 살짝 헤맬 뻔했는데 대표님께서 미리 마중 나와주셔서 얼마나 반갑고 감사했는지 몰라요. "오는 길 어렵지 않았어요? 오느라 수고했어요." 저의 상황을 미리 생각하고 세심히 마음을 써주신 대표님, 감사합니다.

26. 교회에서 대표님은 장로님으로 사모님은 권사님이자 반주자로 섬기시는 모습에 큰 감동이 됐습니다. 믿음의 부부로 교회에 기둥의 역할을 다하시며 헌신해 주신 것 감사합니다.

27. 세미나 끝난 후 먹었던 교회 밥이 어찌나 맛났는지 몰라요. 맛난 밥을 먹게 해 주시고 분위기 어색하지 말라고 저를 교회 지체들에게 소개시켜 주시며 따스한 분위기를 만들어 주셔서 감사합니다.

28. 교회 처음 간 그날, 교회 권사님, 집사님, 성도님들이 김용환 장로님 부부가 믿음의 본이 되어주셔서 얼마나 좋은지 모른다며 제게 자랑을 하시며 웃으시는데 교회에서 '행복 담당'을 맡아 교회 지체들에게도 선한 영향력이 되어주시는 모습이 귀감이 됐습니다. 감사합니다.

29. 교회에서는 장로로, 회사에서는 대표로, 가정 안에서는

아빠와 남편으로 또 가족들에게는 듬직한 형제로 함께하며 따스한 존재감을 드러내 주셔서 감사합니다.

30. 교회에서도 감사의 씨앗이 잘 자라도록 감사특강과 감사쓰기 및 감사나눔을 통해 감사나눔을 실천하는 교회를 만들기 위해 애쓰시며 하나님의 뜻을 이루기 위해 헌신하셨던 모습들 또한 감사합니다.

31. 대표님의 초대로 교회에서 웃음 강의를 했었지요. 맨 앞에 앉아서 제 강의를 너무나 잘 호응해 주시며 웃어주셨어요. 대표님의 웃음 덕분에 제가 더 크게 웃으며 신나게 강의를 했었습니다. 강사보다 더 크게 웃어주시며 기를 살려주신 대표님, 감사합니다.

32. 강의가 끝나고 어느새 성도님들이 준비한 감사카드를 받게 해 주셨어요. 한 분 한 분 절 위해 감사카드를 읽어주시는데 쑥스럽기도 했지만 한 분 한 분의 진정성 있는 감사를 받으며 울컥 감동되어 울 뻔했습니다. 대표님 덕분에 하나님의 사랑을 받게 해 주셨던 것 참말로 감사합니다.

33. 그날 밤 카톡이 왔어요. 대표님께서는 제게 감사카드를 썼는데 빠트리신 분들의 감사내용이 있다며 일일이 카톡으로 감사내용을 정리해서 보내주셨습니다. 감사 하나라도 귀하게 생각하며 챙겨주신 대표님의 마음을 생각하면 지금도 제 마음이 뭉클해집니다. 감사합니다.

34. 이후에도 교회나 여러 모임에서 유익하고 좋은 행사가 있을 때마다 소식을 전해주시며 유익한 정보 등을 나눠 주시려고 하셨습니다. 생각해보면 귀찮고 성가실 수 있는 일인데도 대표님은 항상 즐겁게, 또 열정적으로 귀한 마음을 전해주셨습니다. 다시 한번 감사합니다.

35. 담임목사님의 말씀을 통해 어려운 목회현장에서 김용환 장로님과 사모님이신 권용실 권사님께서 얼마나 큰 힘이 되어주고 계신지를 알 수 있었습니다. 내게 유익이 되는 교회, 큰 교회가 아닌 작고 어려운 교회를 섬기시며 교회에서 빛과 소금의 역할을 다하시는 모습에 숙연해지는 마음까지 들게 해주셨던 대표님, 믿음의 선배로 본이 되어주심도 감사합니다.

36. "저는 30년 넘게 목사로 지내면서 김용환 장로처럼 하나님 앞에 신실한 사람을 만나 보지 못했습니다. 그는 실로 목회자의 심성을 가진 사람이었습니다. 부지런히 성도들의 형편을 살피고, 교회를 세우는 일에 힘쓰던 분이었습니다. 예배에 출석하지 못한 사람이 있으면 전화를 하거나, 찾아가서 위로하며 교제를 나누었습니다." 김용환 대표님의 입관 예배 때 최영웅 목사님께서 설교하시며 하신 말씀입니다. 그 말씀을 들으며 얼마나 큰 감동이 됐는지 몰라요. 살아 생전 하나님 사랑, 이웃 사랑을 온몸으로 보여주신 대표님, 감사합니다.

37. 최 목사님의 말씀대로 무모할 정도의 긍정적인 사고와

열정, 그리고 감사의 무기를 가지고 하나님의 사명을 잘 감당하시며 선한 사업을 만들고 추진하며 이끌어 주셔서 감사합니다.

38. 교회뿐 아니라 감사나눔신문이 매주 월요일마다 예배를 드리며 하나님의 기업으로 견고히 서도록 사업장에도 말씀과 기도가 샘솟는 공동체가 되도록 힘써주셔서 감사합니다.

39. 집에서도 회사에서도 교회에서도 오직 감사! 또 감사! 감사가 삶이셨고 삶이 곧 감사셨던 대표님의 감사 열정과 감사 파동이 제게도 전해져 제가 1,000일 100감사를 쓰는데 좋은 영감과 동기를 부여해주셨고 함께 기뻐해 주시며 축하해주셨던 대표님께 감사합니다.

40. 대표님 덕분에 강화도에 있는 생명회복개발원을 알게 됐고, 그곳에서 금식 세미나도 함께하면서 저의 몸을 관리할 수 있는 유익한 정보와 만남을 갖게 해 주셔서 감사합니다.

41. 2박 3일 금식이 끝나고 다 함께 서울로 출발하려고 했는데 제 몸이 갑자기 기운이 떨어져 대표님께 잠시 1시간만 누워있어도 되느냐고 물었을 때, 기꺼이 그렇게 하라고 하시며 다른 분들과 담소를 나누시며 저를 기다려 주셨어요. 덕분에 기력을 찾았고 안전히 귀가할 수 있었습니다. 그때 참 고맙고 감사했습니다. 다시 생각해도 감사합니다.

42. 강화도 금식 세미나에 입소하기 전에는 꼭 강화도 풍물시장에 들러서 밴댕이 회 등 맛난 음식을 먹었습니다. 그 맛을

감사나눔의 향기

잊을 수가 없네요. 맛과 건강을 챙겨주신 대표님은 맛도 멋도 아시는 멋진 분이셨습니다. 감사합니다.

43. 일행들이 강화도 순무를 사려고 하자 잽싸게 순무값을 내주셨어요. 늘 베풀고 나눠주시는 게 삶의 일상이셨던 대표님을 생각하면 고마움과 함께 미안한 마음이 앞섭니다. 더불어 나눔의 본이 되어주심도 참 감사합니다.

44. 강화도에 처음으로 들어갈 때 이강구 원장님이 터미널까지 나와주신 적이 있는데 알고 보니 대표님께서 중간에서 말씀해 주셨기 때문이었지요. 덕분에 편하게 도착할 수 있도록 잘 배려해주셨기에 감사합니다.

45. 세미나 중간에 쑥차와 된장차를 챙겨 먹는 시간이면 대표님은 자신의 것보다 상대를 먼저 챙겨주셨어요. 대표님을 통해 나보다 상대를 챙기는 이타심을 배울 수 있었기에 감사합니다.

46. 이강구 원장님의 강의를 수차례 들으셨는데도 늘 처음 듣는 것처럼 귀를 쫑긋 세우고 호기심 어린 눈빛으로 들으셨지요. 어쩜 그럴 수 있냐고 물었을 때 "또 들어도 새롭다며 배움에는 끝이 없네요"라고 겸손히 말씀하셨던 모습과 배움에 대한 열정에 감동을 받게 해 주셔서 감사합니다.

47. 강화도의 시간들 덕분에 힐링 타임을 갖게 되고 저의 몸 건강을 되돌아볼 수 있는 귀한 시간을 갖게 됐습니다. 덕분에

남편과 지인들도 함께 금식을 체험할 수 있는 새로운 기회를 갖게 됐습니다. 건강의 통로가 되어주신 대표님께 감사합니다.

48. 강화도 세미나가 끝나는 날, 교동에 가서 일행들과 교동시장 구경도 하고 유명한 교동다방에서 진한 쌍화차도 맛을 보며 담소를 나눴던 시간들이 주마등처럼 지나갑니다. 정겨운 강화도의 추억을 만들어 주신 대표님께 감사합니다.

49. 빵을 좋아하는 남편을 위해 강화도에서 유명한 빵집에서 빵을 사서 가고 싶었는데 그 마음을 알아차리시곤 차를 돌려주셨어요. 덕분에 맛난 빵도 함께 맛보며 즐겁게 서울로 올 수 있었습니다. 남편도 맛난 빵 맛을 볼 수 있도록 도움 주신 것 감사합니다.

50. 늘 이렇게 대표님은 상대의 필요를 알고 할 수 있는 한 도움을 주시려고 애써주신 분이셨습니다. 세밀한 것까지 잘 챙겨주셨던 대표님께 감사합니다.


51. 금식 세미나 중에도 아침이면 부지런히 일어나 산책을 하셨던 대표님은 시간을 참 알차게 쓰시는 '시간의 달인'이셨습니다. 먼저 솔선수범하며 행동으로 본을 보여주셔서 감사합니다.

52. 금식이 끝나고 서울로 가려고 차에 탑승했는데 한 분이 배고픔을 참지 못해 차 안에 있는 뻥튀기를 발견하고 바로 드시려고 하자 강력하게 만류하면서 조금만 더 참자고 권하셨습

니다. 그 모습을 뒷좌석에서 보면서 대표님은 이웃의 몸을 내 몸처럼 챙겨주시려는 멋진 분이시라는 것을 새삼 또 발견케 해 주셨습니다. 감사합니다.

53. 사실 금식도 힘든데 강화도 오가는 길에 운전을 책임져 주셔서 늘 안전히 오갈 수 있었습니다. 편안하게 운전을 해주셔서 오가는 길도 안전히 잘 다녀올 수 있었기에 감사합니다.

54. 대표님의 차에는 항시 소금이 있었지요. 아예 작은 통에 소분해서 갖고 다니시며 필요한 분들에게 주셨는데 덕분에 저도 챙김을 받을 수 있었기에 감사합니다.

55. 대한민국을 이끄는 귀한 리더분들과 조찬 모임을 이끄셨던 대표님께서 모임에 초대를 해주신 적이 있습니다. 이른 새벽을 깨어 조찬 모임을 이끄시는 모습이 인상적이었고 그 열정이 어디서 나오시는 걸까? 궁금하기도 했었죠. 무엇보다 겸손하신 모습으로 한 분 한 분의 리더분들을 섬기는 모습을 보며 감동이 됐었습니다. 그분들의 이야기를 하나하나 살피고 귀담아들으시려고 노력하셨던 대표님의 성품에 감사합니다.

56. 대표님을 생각하면 부산의 추억이 강렬하게 떠오릅니다. 연산메탈에서 세미나를 진행할 때마다 편안한 잠자리를 뒤로 하고 연산메탈 대강당에서 잠을 주무시며 기도하셨던 대표님, 연산메탈의 감사나눔을 위해 힘써서 기도하셨던 대표님을 보며 경이롭기까지 했습니다. 기도의 사람이셨던 대표님을 보며

'진정성'과 함께 도전 은혜를 받게 해 주셔서 감사합니다.

57. "대표님, 대강당에서 주무시는 것 불편하지 않으세요?" 라고 물을 때마다 "기도하기가 얼마나 좋은지 몰라요. 이 넓은 곳에서 혼자 편하게 잤어요. 아주 좋아요"라고 말씀하시며 환하게 웃으셨던 모습이 생각이 납니다. 불편함이 왜 없으셨을까요? 그럼에도 나의 불편함보다 연산메탈이 잘 되고 잘 되기를 바라는 간절함으로 기도하셨을 대표님의 신앙심과 큰마음에 감동, 감사합니다.

58. 지방 출장을 가는 차 안에서 대표님은 꼭 한 사람씩 '감사 릴레이'를 하게 하셨습니다. 처음엔 다소 어색함도 있었지만 익숙해질수록 한 사람을 향해 함께 감사를 표현할 때 차 안은 '감사의 축제 한 마당'처럼 즐거운 웃음소리도 함께 지루함이 없는 일정이 됐습니다. 일상에서 감사를 습관화한다는 것이 얼마나 중요하고 파워가 있는지를 깨닫게 해 주신 대표님께 감사드리며, 진정한 감사 리더로 앞장서며 늘 감사의 좋은 에너지를 주시려고 노력해주신 대표님, 감사합니다.

59. 대표님의 감사특강을 들을 때마다 제 안에서 감사의 파동이 춤을 추듯 늘 진한 감동과 함께 선한 동기를 받았습니다. 감사가 개인은 물론 가정과 기업과 나라를 살린다고 끝없이 강조하시며 감사나눔운동의 선구자 역할을 다 해 주셔서 감사합니다.

60. 식사할 때면 먼저 일어서서 마실 물과 냅킨, 앞치마 등

을 일일이 챙겨주셨던 대표님, 소소한 상황에서도 서번트 리
더십의 본을 보여주셔서 감사합니다.

61. 좋은 강의를 들으시거나 감사에 관한 영감이 떠오르실
때면 가끔씩 카톡에 보내주시고 공유해 주셔서 저의 감사 지
력과 영감에도 도움을 주셨기에 감사합니다.

62. 누군가에게 하나라도 유익이 되는 것이 있다고 생각하
시면 바로 전화를 하셔서 초대하셨던 대표님, 따스한 관심과
애정이 많으셨던 모습을 보게 해 주셔서 감사합니다.

63. "전 진짜 음치예요." 그랬던 대표님께서 벨칸토 음악 교
실에서 노래를 부르시면서 음치 탈출을 위해 열심히 노래를
부르시고 도전하시는 모습에 깜짝 놀랐습니다. 노래를 좋아하
지만, 막상 도전한다는 게 쉽지 않았던 제게도 선한 자극을 주
셔서 감사합니다.

64. 노래를 부르는 모습이 좀 딱딱하고 경직되어 보여 노래
부르는 모습을 살짝 교정해 드린 적이 있었는데 얼마나 순수
하게 잘 받아주시며 경청하시는지 오히려 제가 그 배움의 자
세에 감동이 되었습니다. 부족한 사람의 이야기를 잘 들어주
신 대표님께 감사합니다.

65. 벨칸토 음악 교실을 즐겁게 운영하시며 함께하시는 분
들의 삶에 활력과 기쁨을 주는 데 일등 공신이셨습니다. 벨칸
토 음악 교실이 열리는 날, 신문사에서 연습할 수 있도록 장소

를 제공해 주시며 든든히 지원해주심도 감사합니다.

66. 제갈정웅 이사장님, 정철화 박사님과 함께 노래를 부르는 모습이 어찌나 멋지던지요. 지금도 가끔씩 생각할 때마다 대표님의 노래를 기억할 수 있어서 감사합니다.

67. 벨칸토 음악 교실 발표회가 있던 날, 감사하게도 제가 MC를 봤습니다. 대표님이 '어머니의 마음'을 부르시는데 반듯한 자세며, 입 모양이며 배운 대로 얼마나 잘 따라 부르시는지 깜짝 놀랐습니다. 가르침을 주신 오 교수님께서 가장 성장이 큰 분이라고 칭찬을 하시며 제게 자랑을 하시는데 저까지 마음이 뿌듯한 감동이 있었습니다. 정직한 소년처럼 꾸밈없이 노래를 부르셔서 전 그 속에서 '음치 김용환'이 아닌 노래를 사랑하고 도전하는 용기가 있는 '소년 김용환'을 본 것 같은 감동의 울림을 느꼈습니다. '진심은 통하며 노력은 배신하지 않는다'라는 것을 몸소 보여주신 대표님께 감사합니다.

68. 대한민국에서 '어머니의 마음'을 가장 진정성 있고 정직하게 잘 부르신 분이 김용환 대표님이라는 것을 자랑하며 기억하게 해 주셔서 감사합니다.

69. 꽃을 좋아한다는 말을 들으시곤 발표회 때 받으신 꽃다발을 다시 제게 주시며 챙겨주신 것도 감사합니다.

70. 벨칸토 가족들을 대하시는 대표님의 친절함과 따스함은 함께하는 분들의 마음에도 행복의 노래를 부르게 해 주신 주

인공이셨습니다. 벨칸토 가족들에게도 만남의 기쁨과 즐거움의 추억을 주셨기에 갑절로 감사합니다.

71. 감사를 전할 수 있는 곳이라면 어디든 다니시며 감사나눔의 홍보대사로 맹활약을 해 주셨기에 감사합니다.

72. 한국코치협회 명예코치로서 '한국코치협회 20주년 기획 명예코치 간담회'를 통해 감사와 코칭이 융합된다면 굉장한 힘이 발휘될 것이라며 감사와 용서라는 마음의 토양 위에 코칭철학이 함께 얹어질 수만 있다면 특히 가정이 살아날 것이라며 (사)한국코치협회와 감사나눔신문이 연결될 수 있도록 힘써주신 것에 감사합니다.

73. 간담회에서 하신 말씀 중 "우리의 행복은 내가 가지고 있는 것에 대한 만족으로부터 시작한다. 그것은 바로 나 자신을 소중히 여기고, 타인과 비교하지 않으며 현재 내가 가지고 있는 것에 대해 감사할 수 있는 태도이다"라고 말씀하시며 함께하신 분들의 공감을 얻는 귀한 메시지를 전해주셨음에 감사합니다.

74. 코치들의 축제인 코칭컨페스티벌 홍보 포스터가 감사나눔신문에 게재되어 광고가 되도록 흔쾌히 도움을 주셔서 감사합니다.

75. 대표님이야말로 '코치형 리더' 이셨습니다. 끊임없는 질문과 경청과 피드백을 통해 늘 성장으로 나아가는 데 온 마음

을 쏟으시며 주변에 선한 영향력을 주셨기에 감사합니다.

76. 코치로서도 활동하고 있는 제게 대표님이 명예코치이신 것 자체만으로도 코칭에 대한 공감대와 함께 즐거운 코칭 대화를 할 수 있었기에 감사합니다.

77. ZOOM 사용법이 익숙하지 않았던 대표님께서 기능들을 익히시고, PPT도 직접 만들려고 노력하시는 모습들이 참 좋았습니다. 배움의 의지를 실행력으로 보여주신 대표님께 감사합니다.

78. 감사나눔이 기업의 조직문화운동이 되는 데 앞장을 서셨으며 특히 포스코 전 그룹과 포항이 감사도시와 인성교육 1등 도시로 대통령표창을 받고 광양시가 행복도시가 되는 데 큰 역할을 감당하셨던 대표님, 감사합니다.

79. 생전 감사나눔신문에 기고했던 〈나의 인생 나의 감사〉 코너에서 '받은 복을 세어 보아라'의 글을 통해 감사쓰기와 감사나눔을 실천하시며 뜨거웠던 감사행적을 보여주셨음도 감사합니다.

80. 평소 감사쓰기를 즐겨 하셨던 대표님의 손글씨 노트를 본 적이 있습니다. 글씨를 참 정갈히 잘 쓰시고 정성을 다해 쓰신 노트를 보면서 제게도 손글씨 쓰기에 작은 도전을 주셨기에 감사합니다.

81. 대표님이 쓰시는 작은 노트가 지니고 다니기 좋아 맘에 든다고 말씀드리자 바로 정보를 공유해 주셔서 저도 구입할 수 있도록 도움을 주셨던 것에 감사합니다.

82. 독서 토론에도 열심을 다하셨던 대표님, 늘 읽고 쓰고 배우며 익히시며 평생학습의 본이 되어주셨음도 감사합니다.

83. 2007년 시민의신문사가 폐간되는 어려운 상황에서 2010년 1월 감사나눔신문을 창간하시고 마지막 생을 신문사 사무실에서 다하실 만큼 감사나눔신문의 대표로 모든 열정을 다 쏟아붓고 가셨습니다. 그 헌신의 열정의 본이 되어주심에 감사합니다.

84. 신문사 안에 건강센터를 운영해서 많은 소중한 분들의 건강을 챙길 수 있도록 이끄시고, 애써주셨음에 감사합니다. 그 덕분에 암 투병 중이었던 저의 절친도 시어머님도 소개시 켜줄 수 있었습니다. 감사합니다.


85. 대표님의 체구는 크지 않으셨지만 마음 씀씀이의 크기 는 하늘만큼, 땅만큼 크셨습니다. 헤아릴 수 없을 정도로 많은 사람들을 품으셨던 대표님, 대표님을 통해 인간관계의 진면목 을 배울 수 있었기에 감사합니다.

86. 점심 식사 후엔 꼭 시간을 내서 제갈정웅 이사장님, 안 남웅 목사님과 함께 걷기와 어싱을 하시면서 제게도 걷기의 소중함을 깨닫게 해 주셨습니다. 그 덕분에 지금 저는 매일 만

보를 걷고 있고, 한 걸음 한 걸음 걸을 때마다 대표님의 모습이 떠올라 고마운 마음이 더해집니다. 감사합니다.

87. 손욱 회장님, 제갈정웅 이사장님, 안남웅 목사님, 양병무 원장님, 그리고 감사 가족들은 물론 기업의 CEO들과 많은 분들의 가슴에 감사 바보로, 감사의 선구자로, 감사의 개척자로 뜨거운 감동을 주며 선한 감사 리더로 본이 되어주셨음에 감사합니다.

88. "감사한 척만 해도 감사한 효과가 있다"고 말씀하셨던 대표님, "감사쓰기와 감사습관화가 어려운 것이 아니다"라고 말씀하시며 감사쓰기를 쉽게 접하도록 노력하고 몸소 보여주심도 감사합니다.

89. 신문사가 힘든 고비에 있었을 때 포기치 않고 품으시고 끝까지 지켜주셨던 대표님, 매달 감당해야 했던 어려움 등 얼마나 힘드셨을까요. 그 무게를 감히 헤아릴 수 없었기에 죄송하고 미안합니다. 그간 짊어지고 가셨던 무거운 어깨를 생각하면 고개가 저절로 숙여집니다. 감사합니다.

90. 대표님이 든든히 지켜주셨기에 감사나눔신문과 감사나눔운동이 기업체, 학교, 군대 등 사회 각 분야와 담장 안의 수용자들까지 전국 교정시설에서 빛을 보며 감사의 불씨가 꺼지지 않고 활활 타오르고 있습니다. 감사합니다.

91. 이성미 사무총장님! 이성미 집사님! 이성미 강사님! 절

부르실 때마다 호칭은 다르셨지만 늘 한결같이 따스한 목소리로 저의 이름을 부르시면서 늘 해 주셨던 말씀이 있습니다. "잘 될 겁니다. 놀라운 일이 생길 거예요! 하나님의 축복과 은혜가 풍성히 임할 거라 믿습니다!" 이렇게 제게 힘이 되는 말씀을 참 자주 해 주셨어요, 그럴 때면 전 "아멘"으로 화답하며 힘을 받았습니다. 이젠 그 생생한 목소리를 들을 수 없어 마음 한켠이 아리지만 제 마음에 영원한 울림으로 자리하고 계심에 감사 감사합니다.

92. 감사쓰기를 공유하는 카톡방에 절 초대해주셔서 감사쓰기의 지속력과 동기부여를 할 수 있도록 선한 역할을 해 주시며 잘하고 있다고 계속 지지하고 격려해 주셨습니다. 이제 그 방에 대표님은 계시지 않지만 대표님의 뜻을 기리며 계속해서 감사쓰기를 이어갈 수 있게 해 주심도 감사합니다. 대표님이 함께해 주셨던 카톡방에 매일 감사쓰기를 지속하면서도 꼭 함께 계시는 것 같은 따스함을 느끼게 해 주셔서 감사합니다.

93. 김용환 대표님이 가시는 곳은 언제나 감사의 꽃이 향기롭게 피었습니다. 대표님 자신이 '감사의 화신'이었기 때문입니다. 행복의 비결인 감사를 통해 행복의 참 의미를 알게 해 주셔서 감사합니다.

94. 예수님을 만난 뒤 제2의 인생이 시작됐고, 감사의 세계를 경험하면서 제3의 인생이 시작됐다며 감사의 무궁무진한 세계를 전하기 위해 전국 방방곡곡 다니시며 감사나눔을 온몸

으로 보여주셨던 그 헌신을 우리 모두의 가슴에 심어주신 대표님, 감사합니다.

95. 작은 감사부터 시작하면 좋겠다며 '1일 1감사'를 강조하셨던 대표님! 덕분에 감사쓰기를 힘들어하는 수용자들에게 대표님의 이야기를 전하며 1일 1감사를 전파할 수 있게 해 주셔서 감사합니다.


96. 하늘나라로 이사 가시기 며칠 전 신문사에 방문했었습니다. 여느 때보다 훨씬 더 헬쑥한 모습에 꾸벅꾸벅 졸음을 참지 못하셨던 모습이셨어요. 그럼에도 잠시 눈을 뜨시곤 건강을 걱정하는 제게 "괜찮아요"라고 하시며 작은 미소를 지어주셨던 대표님의 모습이 떠오를 때마다 마음이 울컥하지만 대표님의 선한 미소를 마지막으로 기억할 수 있게 해 주셨음에 감사합니다.

97. "고객에게 어떤 도움을 줄지 고민하라", "한 번에 다 되는 일은 없다", "업무감사를 써라", "나작지를 실천하자", "감사는 정직과 배려와 섬김이다", "감사는 상대방의 꿈을 이뤄주는 바탕이다", "감사는 혼자 하는 것이 아니라 함께 하는 것이다" 등등 주옥같은 말씀들로 '감사 어록' 장인이셨던 대표님, 감사합니다.

98. 사모님과 아드님의 고백처럼 김용환 대표님은 '작은 거인, 공기 같은' 존재로 가족들뿐 아니라 우리 모두에게 소중한

존재셨습니다. 갑작스럽게 하늘 천국으로 가신 대표님을 생각하면 한쪽 가슴이 먹먹하지만 대표님을 기억하고 추억할 수 있도록 함께해 주신 모든 시간들에 감사합니다.

99. 감사나눔신문의 발행인으로 이 세상에서 가장 아름다운 신문, 세상에 꼭 필요한 신문, 하나님의 사랑과 홍익인간의 정신을 고스란히 담은 신문, 역사에 길이길이 남을 위대한 신문을 만들어 주시고 수장으로서 감사나눔에 최선과 혼심을 다해 이끌어 주셨음에 감사드리며, 이젠 '감사의 전설'로 모든 이들의 심장에 감사의 소명을 남기고 가주신 대표님께 감사합니다.

100. 살아 생전에 진즉에 100감사를 드리고 싶었는데 용서하세요. 그럼에도 이제라도 대표님에 대한 100감사를 하늘 천국으로 보낼 수 있어서 다행이고 감사합니다. 오직 '감사나눔' 하나에 온 열정과 헌신을 다하셨던 대표님! 감사로 시작해 감사로 열매 맺은 영원한 청년靑年 김용환 대표님의 숭고한 삶과 뜻이 이 땅에 계속해서 아름답게 맺어지도록 하늘 천국에서도 기도해 주시고 응원해주실 것을 믿기에 감사드립니다. 어두운 밤하늘에 희망의 별처럼 감사의 별이 되어 주셔서 빛나고 계신 대표님께 마지막으로 대표님이 자주 해 주셨던 '고미사 인 삿말'로 인사를 드립니다. 김용환 대표님! 고맙습니다! 미안합니다! 사랑합니다!

# 08

감사역정感謝歷程
# 감사CEO 김용환 대표님

**이춘선**
감사나눔연구원 연구위원
감사나눔신문 제3대 편집국장

김용환 대표는 마치 『천로 역정』의 주인공 '그리스도인'처럼 감사역정의 주인공 '감사CEO'이다. 2010년 당시 한국의 잭웰치로 불리던 혁신전도사 손욱 회장, 허남석 포스코ICT 사장, 김용환 대표 등 세 명의 리더들은 "대한민국은 '한강의 기적'을 이뤄 경제발전을 통해 부국강병을 이뤘지만 반면에 기쁨을 잃어버렸음"을 알게 됐다.

"감사하지 않는 사람이나 가정과 국가는 결국 망한다"라는 위기의식은 새로운 정신문화가 자리 잡는 기반이 되었다. 김용환 대표는 기쁨을 잃어버린 원인으로 과거에 대한 '망각'과 현실에 대한 '원망', 습관적인 '불평'이 있음을 발견하고, 이를 가장 빨리 회복하는 방법은 '감사'의 마음을 갖는 '긍정적인 습관'임을 깨달았다.

위기는 기회였다. 김용한 대표는 '감사'를 콘텐츠로 한 전문 언론사를 설립, 창간호를 발행, 꾸준히 감사나눔신문을 발행하기 시작했다. 이후 감사쓰기를 습관화하는 사례발표와 변화된 베스트 기사들을 싣고 지속적으로 감사의 힘을 널리 알리는 데 큰 역할을 담당하기 시작했다.

기쁨을 회복하는 긍정적인 습관은 과거에 대한 '기억'과 주어진 현실 상황에 대한 '관점'의 전환, '재해석'을 통한 긍정습관의 반복이며 곧 행복한 삶으로의 지름길임을 공감했다. 수많은 시행착오를 겪은 후 '관점과 재해석'을 통한 감사쓰기를 실천하고 마음의 변화가 곧 행동의 변화로 이어져 행복한 삶이 가능하다는 것을 증명해냈다. 훗날 '감사나눔Thanks Sharing'이라는 신개념 용어를 창안, 감사태도습관화TAH, Thanks Attitude Habituation 시스템을 완성했다.

산업화와 민주화를 '동시에 달성한' 대한민국은 물질적 풍요로움에 비해 무한경쟁과 노동으로 인한 과로 등으로 인해 정신적으로 성숙되지 못한 삶을 이어왔다. 대화와 소통, 관용과 배려가 제대로 자리 잡지 못하다 보니 스트레스, 경쟁에서의 패배, 소외감과 두려움에 사로잡혀 가정과 조직 안에서의 인간관계의 어려움, 불통을 겪어 왔다.

'건강한감사' 또는 '아픈불만'이라는 말은 인간의 삶에 큰 영향을 줬다. 삶을 변화시키는 감사는 '고마움대상'과 '소중함존재'이 결합되어야 한다. 사람이나 환경에 감사하는 마음으로 반응하면 긍정적인 동조 현상을 끌어들여 삶이 더욱 행복해질 수 있다. 마음이 행복해진 사람은 중요한 인간관계 즉 배우자나 파트너, 친구, 가족 등의 관계에서 행복의 수준을 변화시키는 놀라운 힘이 있다. 비판적이거나 부정적인 생각 대신에 감사하는 마음으로 관점을 전환하면 모든 것이 곧바로 달라질 수 있다.

생각과 말과 글과 소리와 몸짓에 '감사' 에너지를 담아내는 활동이 바로 '감사태도습관화시스템'이다. '감사나눔'은 개인이 가정과 일터에서 자기주도적인 감사태도습관화의 삶을 통해 긍정적인 삶을 실천하고, 내재화된 습관이 사회와 국가를 행복하게 한다는 사명감을 갖고 추진하는 시민운동이다.

'감사나눔' 운동본부이자, 전문언론사 감사나눔미디어는 신문, TV, 연구원 등 다양한 채널로 정부기관, 의료기관, 공공기관, 기업, 공동체 등 국민과 소통하면서 감사운동을 추진하고 있다. 14년에 걸쳐 구체적 감사실천을 위한 감사태도습관화 시스템 공식명칭이 된 '감사나눔' 창안자는 '감사나눔신문'

을 창간한 김용환 발행인이다.

서울시립대 조교수, 경림전자 대표, 비봉출판사 마케팅 상무, 시민의신문 상무, 재외동포신문 총괄기획 상무를 지냈다. 이후 한국버츄프로젝트 총괄본부장 재직 당시 버츄카드 52가지 미덕 중에서 '감사'가 주는 놀라운 힘에 주목하기 시작했다. 당시 대림대 제갈정웅 총장을 감사나눔연구소 초대소장으로 해, '감사의 힘'이 주는 과학적인 근거를 밝히는 데 노력을 기울여 왔다.

2010년 '생명을 살리는 감사편지 쓰기 운동본부'를 이끌던 감사나눔신문사 김용환 대표는 평소 소신으로 삼았던 '감사나눔' 기반 위에 100감사안남웅 창안, 행복나눔125손욱 창안, 코칭리더십김재우 제안, 드러내기정철화 창안, 감사경영이병구 회장 등 기존 프로그램을 융합, '감사나눔125'를 창안했다.

그동안 감사의 힘을 과학적으로 입증해낸 수차례의 감사실험, '쓰기' 영역에서 '언어' 영역으로 활동 범위를 넓힌 감사태도습관화 시스템은 개인과 가정, 조직에서 감사에너지가 증폭되도록 돕고 발전을 거듭하고 있다. 특히 감사에너지 증폭과 자발적인 내재화 실천을 위해 세 가지 기본원칙인 '1만 번의 법칙습관의 힘, 아주 작은 반복의 힘스몰 스텝, 나작지나부터 작은 것부터 지금부터' 정신을 강조했다. 또한, 행복한 삶을 위해 최고의 미덕

인 '개인의 감사'를 습관화해 최종 종착지 '타인으로의 나눔'이
라는 가치실현에 특별한 의미를 부여했다.

'감사나눔'은 드러내기 생활화를 통해 과거 기억을 재해석하고
깊은 성찰을 통해 잘못된 관점을 바로잡고 긍정적 태도로 관계
를 재설정하고 미래지향적 행동으로 나아가도록 돕는다. 또한,
평생학습과 주어진 업무에서의 육성, 성장, 성숙을 추구한다.

또한, 누구나 무한한 가능성이 있고, 문제의 해답은 그 사람
안에 있으며, 그 해답을 찾기 위해서 '감사 드러내기말과 생각과
행동' 툴을 사용하여 개인의 잠재력잠자는 거인을 발굴, 행복한 삶
을 스스로 찾아가도록 돕는다. 사단법인 감사나눔연구원 제갈
정웅 이사장은 오랜 시간 일관되게 교육해 온 감사태도습관화
시스템을 '감사나눔125'로 명명, 사용하기 시작했다.

나는 2013년 3월 1일 입사했다. 그리고 10년이 지난 2024
년 5월 20일 현재, 감사나눔125의 가장 큰 수혜자로 나를 적
극 추천한다. 위인전을 읽던 어린 시절에서 풋풋한 직장인이
었던 20대 시절 '어떻게 하면 성공한 삶을 살 수 있을까'라는
질문을 안고 대형서점에서 성공한 사람들의 이야기와 성공
한 기업의 사례 등 자기계발서 코너를 즐겨 찾던 적이 있었다.
20년이 더 흘러서야 '감사'와의 만남이 이뤄졌다.

감사나눔의 향기

취재기자로, 강사로, 컨설턴트로, 코치로 현장을 다닐 때마다 함께해 주셨던 김용환 대표님 덕분에 난 제자리에 머물러 있을 수가 없었다. 대표님과의 동행은 완만하면서도 때로는 급류, 폭포처럼 감사를 온몸으로 체험하는 '꿈의 현장이자 일터'였다. 나는 현장에서 훨훨 날았다. 20대 때 나는 나의 비전을 "배남배워서 남 주자 정신으로 선한 영향력을 펼치자"로 정했었다. 내가 먼저 배워서 남 주는 선한 영향력을 주는 것이 나의 삶의 핵심이자 살아가는 방법이라고 여겼었다.

나를 '살아있는 실험체'로 하여 내가 모든 교육을 통해 내 삶이 풍성해지고 다른 사람에게로 연결되기를 원했었다.

파도가 밀려오는 바닷가에 선 날, 대표님께 그 관점으로 살아오면서 나는 나를 실험대상으로 정해 끊임없이 배울 것이며, 배워서 남 주는 삶을 살고 싶다고 말씀드렸을 때 대표님은 적극적으로 도전해 보라며, 이 국장이라면 해낼 수 있을 것이라고 믿어주었다. 그 믿음이 오늘까지 살아오게 만드는 원동력이 되었다.

직원으로서 만난 김용환 대표님과의 동행은 아주 소중한 시간이었고, 내 인생의 황금기였다. 이젠 뵐 수 없다 하더라도 내 마음속 영원한 "감사역정感謝歷程 감사CEO"로 남아 있을 것이다.

# 09

# 감사나눔 창안자
# 김용환 대표에게 감사합니다

**제갈정웅**
감사나눔연구원 이사장

**인연의 시작과 아침 전화 리더십**

"백년 한의원에 들러서 감사장을 잘 전달했다"는 말씀과 함께 건강센터로 향하셨던 김용환 대표님. 2023년 7월 11일, 우리는 돌이킬 수 없는 이별을 맞이했습니다.

김 대표님과의 인연은 2010년부터 시작되었습니다. 지난 10여 년간 매일 아침 전화를 주시던 그분은 이제 다른 별로 주민등록을 옮기셨습니다.

2013년 가을부터 이듬해 봄까지 6개월간 중국 산동성 산동이 공대학교에서 초빙교수로 있을 때부터 시작된 아침 전화는 결국 그의 열성으로 나의 인생 후반전을 감사나눔으로 이끌었습니다.

국내 여행은 물론 해외 여행 때에도 계속된 그의 아침 전화는 단순한 안부 전달을 넘어 깊은 배려와 자비심으로 가득했습니다. 누구에게 언제 어디서나 전화를 드리는 것 같았지만, 사실은 대단히 세심한 배려와 자비심으로 상대방이 전화 받기 편안한 시간대를 택하여 전화하는 것이었습니다.

대학생 때 학생들을 가르치면서 몸에 밴 그의 배려와 자비심은 감사나눔의 핵심 가치로 자리 잡았습니다.

## 감사나눔의 길로 이끌린 인생 후반전

중국에서 칠순을 맞이하여 70일 배낭여행을 떠날 때에도 그의 매일 아침 전화는 제가 계획했던 길을 감사나눔의 길로 바꾸었습니다. 무엇을 하며 인생 후반전을 살 것인가 고민하던 저에게 김 대표님은 명확한 방향을 제시해 주셨습니다.

2014년 2월 27일, 칠순을 맞아 중국에서의 초빙교수 활동을 마무리하고 귀국했습니다. 그리고 3월 26일, 감사나눔신문에 출근하며 새로운 여정을 시작했습니다.

## 기억될 그의 모습

회의실에서 김 대표님이 큰 절을 올려서 제가 맞절을 했던 모습은 지금까지 10여 년 가까운 세월을 함께 하게 된 인연을 상징합니다.

## 감사와 추억으로 남는 인물

감사나눔을 창안한 김 대표님과 함께한 많은 시간들은 행복한 추억으로 남아 있습니다. 그의 깊은 배려, 따뜻한 인성, 그리고 끊임없는 노력은 감사나눔의 정신을 구현하는 데 큰 힘이 되었습니다.

김용환 대표님께서는 이제 우리 곁에 계시지 않지만, 그의 가르침과 정신은 감사나눔을 통해 영원히 살아갈 것입니다.

김 대표님의 위대한 업적과 따뜻한 인간됨을 기억하며, 그의 정신을 이어 나가겠습니다.

제4장

—

# 회고 기사
# 및 사진

# 김용환 대표
# 감사나눔신문 회고 기사

## 감사나눔신문

340호 2023년 7월 15일

감사, 긍정적 사고, 열정이 만들어낸 아름다운 삶

故 김용환 대표 / 사진=이준선 기자

아버지라는 혈연의 끈이

감사운동을 지치지 않게 해나가게 했고,

교회 장로라는 소명이

긍정적 사고를 전파하게 했고,

감사나눔신문 대표라는 직책이

단 한 명이라도 감사를 알게끔 해야 한다는 열정을

24시간 내내 가동시켰다.

그렇게 지금이 가장 비싼 금이라고 여기며

몰입해 사시다 우리 곁을 떠났다.

무모한 듯한 도전이 만든 아름다운 삶


1959년에 태어나 2023년에 고인이 된 김용환 님은 두 아이의 아버지였고, 교회 장로였고, 감사나눔신문 대표였다. 64년 짧은 인생, 한순간도 허투루 살지 않았던 그의 삶을 가늠해볼 수 있는 키워드는 크게 세 가지가 될 것 같다. 지난 7월 13일 저녁 입관 예배에서 최영웅 목사는 이렇게 말했다.

"14년 전으로 기억합니다. 김용환 장로가 저에게 '목사님, 감사나눔신문을 시작했습니다. 기도해주세요' 했을 때, 저는 '예'라고 대답은 했지만, '정말 이 일이 가능할까?' 생각했습니다. 이분, 돈키호테 같다는 생각도 들었습니다. 그러나 김 장로님은 세 가지 무기를 가지고 선한 사업을 만들고 추진하고 앞에서 이끌었습니다. 그 세 가지는 무모할 정도의 긍정적인 사고, 열정, 그리고 감사입니다."

'무모할 정도의 긍정적인 사고, 열정, 그리고 감사.' 여러 각
도로 고인의 삶을 조명해 보려고 해도 이 세 가지 키워드만큼
강렬한 단어는 없는 것 같다. 아버지라는 혈연의 끈이 감사운
동을 지치지 않게 해나가게 했고, 교회 장로라는 소명이 긍정
적 사고를 전파하게 했고, 감사나눔신문 대표라는 직책이 단
한 명이라도 감사를 알게끔 해야 한다는 열정을 24시간 내내
가동시켰다.


## 선택의 여지 없이 다가온 감사

서울시립대를 졸업한 김용환 대표는 학원 강사 등 여러 직업
을 거쳐 2007년 전국 주요 시민운동 단체들이 만들었던 시민
의신문에 몸담게 된다. 신문사 일을 처음 접한 그는 강단 있는
추진력으로 세력 확장에 크게 기여하고 있었는데, 신문사 내
부에 문제가 생겨 폐간이라는 절망을 보게 된다. 무슨 일을 해
야 할까 고민하던 중 그는 시민의신문에서 병행했던 버츄프로
젝트 일을 계속하기로 마음먹었다. 버츄카드에 써 있는 52가
지 미덕이 사람을 바꿀 수 있다는 걸 사명으로 여기고 있었기
때문이다. 그런데 52가지는 너무 많다는 생각이 들었다. 그래
서 하나에 집중하자고 했는데, 그게 '감사' 미덕이었다.

감사 전파에 온 힘을 쏟던 2009년, 관계를 맺고 있던 입법 정치 전문지를 표방한 여의도통신이 폐간되는 걸 보고 큰 결단을 내렸다. 온라인에 주력했던 감사운동을 오프라인에서 해보기로 한 것이었다. 그래서 몇몇 분과 뜻을 모아 2010년 1월 감사나눔신문을 창간하면서 대표를 맡았고, 퇴보하고 있는 종이신문 시장에서 격주 16면으로 339호까지 발행하였다.

　모든 종이신문이 고전을 면치 못하는 시대 흐름에서 14년 동안 단 한 번도 결호를 내지 않은 건 불가사의한 일이었다. 거기에는 어떻게든 감사를 나누는 신문을 지켜야 한다는 김용환 대표의 가족사가 있었다. 여러 어려움에도 불구하고 감사나눔신문 발행을 멈출 수 없었던 건 2005년 고인이 된 그의 아들 이삭이 때문이었다.

　"1992년 추운 겨울, 우리 가정에 하나님의 선물인 이삭이가 태어났다. 태어나면서부터 고통스럽게 울기에 정밀진단을 받아보니 오른쪽 뇌신경세포가 죽어 있는 '중증뇌성마비'로 진단 결과가 나왔다. 현대의학으로는 치료가 어려웠다. 나, 아버지, 어머니, 아내, 이렇게 네 사람은 업고, 안고, 재우며 막내아들을 돌봐야 했다."

　바로 그때 김용환 대표 집에 심방을 간 문홍대 담임목사와 안남웅 목사가 "이삭이가 축복의 통로입니다. 하나님께 모든 것을 맡기고 '감사합니다'라고 큰 소리로 기도하십시오"라고 권면해 주었다.

이제 달리 선택이 없었다. 김용환 대표는 범사 감사를 실천하기 시작했다. 자나 깨나 '감사합니다'를 말하고 썼다. 거기서 그의 삶은 변해갔다. 절대 긍정의 삶으로.


## 불가능을 가능하게 한 절대 긍정

감사가 모든 것을 긍정적으로 바꿀 수 있다고 확신한 김용환 대표는 이 내용을 담고 있는 감사나눔신문이 대한민국 행복지수를 높이는 데 큰 기여를 한다는 것도 확신하고 있었다. 결코 뒤로 물러서지 않는 그의 한결같은 뚝심이 불투명했던 감사나눔신문의 미래에 장밋빛 레드카펫을 깔아놓았다. 개인들이 하고 있던 감사가 감사나눔신문으로 모였고, 이곳이 또 감사기지가 되어 감사운동을 조직적으로 해나갈 수 있었다.

그 사례로 2014년 첫 호 1면 기사를 보자.


"포항제철소 외주파트너사로 롤정비 업무를 담당하고 있는 ㈜롤앤롤사장 안경수 270명 임직원 전원이 '사랑의 100감사쓰기'를 썼다."

개인에서 학교로, 학교에서 기업으로, 기업에서 지자체로, 지자체에서 군대로, 군대에서 전국 교정시설로 감사운동이 자리 잡게 된 데에는 수많은 감사 실천가들의 협업이 있었지만,

또 하나를 꼽으라면 불가능한 걸 가능하게 할 수 있다는 힘, 바로 감사습관화가 만들어 준 김용환 대표의 절대 긍정이었다.


## 열정이 만든 아름다운 삶

"감사나눔신문 사람들부터 일상에서 감사를 해야 한다며 여러 실천 방법을 김 대표가 많이 내놓았습니다. 그중 하나가 '감사합니다'를 100번 쓰면 1만 원을 주는 것이었습니다."

그랬다. 김용환 대표는 가까운 사람들부터 시작해 만나는 사람들마다 그들이 감사쓰기를 지속적으로 해나갈 수 있도록 여러 방법을 고민하고 연구했다. 감사에게 도움을 받았으니 자신도 누군가에게 감사로 도움을 주는 삶을 살고자 했기 때문이었다. 직접 감사카드를 써주면서 감사쓰기의 이로움을 알렸고, 만나지 못하면 전화로라도 감사쓰기를 일깨워주었다. 온종일 자나 깨나 감사를 나누어야 한다는 생각이 떠나지 않다 보니 비어 있는 시간이 있을 수 없었다. 단 한 사람에게라도 감사를 나누어야 한다는 마음을 멈출 수 없었다. 그 아름다운 나눔의 정신은 다름 아닌 열정이었다.

세상 모든 사람을 감사로 행복하게 하겠다는 뜨거운 열정이 너무 빨리 김용환 대표를 데려갔는지 모르겠다. 그래도 우리는 영원히 기억할 것이다. 그의 열정이 쌓아 놓은 업적은 한두

줄로 정리할 수 없을 만큼 태산 같다는 걸. 감사와 긍정적 사고가 우리 삶을 행복하게 할 수 있다는 걸. 지금 이 순간을 가장 비싼 금이라 여기며 허투루 살지 말아야 한다는 걸. 큰 가르침을 주신 고인의 삶에 다시 한번 감사드린다. 감사합니다.

김서정 기자

감사나눔의 향기

# 김용환 대표
# 사진 모음

감사나눔신문 창간호(2010년 1월 8일)

감사카드 쓰는 모습

어머님을 모시고 가족과 함께(아내 권용실 교수, 아들 김성중)

감사나눔의 향기

포스코ICT에서 손욱 회장, 허남석 사장과 함께

포스코 포항제철소(조봉래 소장)에서 감사패를 받고서

삼성중공업 박대영 사장과 간담회

감사나눔운동 유공자 표창장 수여식에서

감사나눔의 향기

연산메탈(안재혁 대표) TBVM 교육을 마치고

동아전기 김광수 회장, 김태우 사장과 함께

4장 회고 기사 및 사진

TBVM 2기 제이미크론(황재익 대표) TBVM교육 실습현장

KPX케미칼 김문영 사장 인터뷰

감사나눔의 향기

네패스 이병구 회장 출판기념회

TBVM 5기 수료식에서 정철화 감사나눔연구원 이사와 함께

포항시 감사나눔운동 업무협약식에서 박승호 시장

서울시 인성교육 업무협약식에서 문용린 교육감

감사나눔의 향기

포항시 구룡포 연수원에서

2작전사령부 군수송교육단 감사나눔페스티벌에서

제17대 군단장에 취임한 박한기 군단장

감사나눔의 향기

박한기 합참의장 취임식에 초대받은 김영래 총장과 감사나눔신문 임직원

22사단 감사교육을 마치고

4장  회고 기사 및 사진

3사관학교 교장 서정열 소장과 함께

3사관학교(서정열 교장) 열병식에 참석

감사나눔의 향기

61사단 강의를 마치고

8군단(박안수 군단장) 국군의 날 기념식에 참석

국군간호사관학교 강의를 마치고

국방대 리더십센터와 업무협약

감사나눔의 향기

8군단(강창효 군단장) 업무협약식에서 이중기(동보중공업) 회장과 함께

특전사 감사 강의 마치고

법무부 교정본부 간담회 마치고 신용해 본부장과 임대기 교정정책 자문위원장 및 자문위원들과 함께

법무부 교정본부와 업무협약식

감사나눔의 향기

수용자 감사나눔 공모전 심사 현장을 방문한 손병두 회장과 함께

교도관에게 감사나눔지도사 자격증 수여식

법무연수원에서 교도관에게 감사나눔지도사 교육

국제로타리 3650지구(이순동 총재) 임원들과 안양교도소에 감사노트와 도서 기증

감사나눔의 향기

수용자 감사나눔 공모전 시상 및 페스티벌에서 축하 공연하는 벨칸토 회원들

여주교도소에서 제갈정웅 이사장과 함께

소망교도소 강의를 마치고

감사나눔의 향기

위더스 요양병원(조승권 이사장) 교육을 마치고

수원기독학교 교장 김요셉 목사와 함께

4장 회고 기사 및 사진

음악교실 벨칸토회(회장 박점식)에서 노래하는 모습

강석진 회장 장모 그림전시회에서 벨칸토 회원들과 축하 공연

감사나눔의 향기

벨칸토 회원들과 함께한 문경행사

벨칸토 회원들과 노래하는 모습

청년들에게 감사나눔 교육

한국코치협회 명예코치 위촉식

청학초등학교에서 강의

임직원 송년모임에서

4장 회고 기사 및 사진

코로나시대 ZOOM을 통한 온라인교육

감사나눔의 향기

# 김용환金容煥 대표의 걸어온 길

김용환 감사나눔신문 대표는 1959년 6월 2일 경북 군위에서 출생했다. 서울시립대 무역학과를 졸업하고, 서울시립대 국제경제학 석사 학위를 취득한 후 서울시립대 조교수, 경림전자 대표, 비봉출판사 마케팅 상무, 시민의신문 상무, 재외동포신문 총괄기획 상무, 한국버츄프로젝트 본부장, 국회 전문여의도통신 대표를 지냈다.

한국버츄프로젝트 본부장 재직 당시 버츄 카드 52가지 미덕 중에서 '감사'가 주는 놀라운 힘에 주목하기 시작하여 2010년 1월 8일 감사나눔 전문지 '감사나눔신문'을 창간했다. 감사나눔신문을 매개로 감사나눔운동을 본격적으로 펼쳐 포스코 ICT, 포스코 포항제철소, 포항시, 삼성중공업, 교보생명, 삼성생명, 한국수력원자력, 현대모비스, 중대부속초등학교, 청학초등학교, 안동복주요양병원, 위더스요양병원, 8군단 등 기업체, 지자체, 학교, 요양병원, 군부대에서 감사나눔운동을 전개했다.

또한, 법무부 교정위원인 김 대표는 2017년 안양교도소를 시작으로 광주교정청 산하 교도소에 감사나눔신문을 보급했고, 2022년 10월 13일 법무부 교정본부와 업무협약MOU을 체결한 후 전국 55개 교도소에 감사나눔신문 보급과 감사나눔 인성교육을 내용으로 하는 '만델라 프로젝트'를 추진해 왔다. 행복나눔125 상근부회장, 모듬살이연대 공동대표, 한국코치협회 명예코치로도 활동했다.

기업체, 학교, 요양병원, 군부대, 법무부 교정시설 등에서 감사나눔운동을 열정과 사명감을 가지고 추진해 오다가 2023년 7월 11일, 갑자기 하늘의 부름을 받고 소천하여 그를 사랑하는 사람들의 마음을 안타깝게 했다. 그에게는 감사나눔의 창안자, 감사나눔의 원조, 감사나눔의 화신, 감사나눔의 전설, 감사나눔의 아버지 등 다양한 수식어가 따라 다닌다.

NOTE

**권선복** | 도서출판 행복에너지 대표이사

세상의 빛과 소금이 되는 삶을 실천한
김용환 대표님의 감사나눔 향기가 그립습니다

성경에서 예수 그리스도는 제자들에게 "너희는 세상의 빛과 소금이 되어라"고 말씀하셨습니다. 이 책 『감사나눔의 향기』는 2010년 '감사나눔신문'을 창간하여 포스코ICT, 삼성중공업, 포항시, 8군단, 중대부속초등학교, 위더스요양병원 등 다양한 기업체, 지자체, 학교, 요양병원, 군부대 등에서 '감사나눔운동'을 전개하며 사회의 빛과 소금으로 살았던 감사나눔신문 김용환 대표님의 삶을 추억하는 글입니다.

한 사람이 살아온 삶의 의미는 그가 세상을 떠난 후에 가장 뚜렷해진다고 합니다. 김용환 대표님을 기억하는 이들이 남긴 43개의 글을 하나하나 읽어 나가면서 느낀 점이 있습니다. 비록 그 사람은 지금 이곳에 없지만 세상을 떠난 지 1년 만에 이토록 많은 이들이 추모의 글을 보내오는 것이야말로 세상의 빛과 소금이 되는 삶을 살며 많은 이들에게 감사와 나눔의 향기를 남긴 김용환 대표님의 삶을 보여주는 것이겠구나 하는 점이었습니다.

세계에서 가장 빨리 선진국으로 발전한 국가이지만 동시에 국민 행복도 최하위의 국가, 대한민국을 변화시켜 모두를 행복하게 만들려면 무엇이 필요할까요? 생전 김용환 대표님는 그 답을 '감사와 나눔'에서 찾으며, 단순히 생각에서 그치지 않고 과감하게 실천으로 전개해 나갔습니다.

이 책은 '나부터, 작은 것부터, 지금부터' 감사하다는 '나·작·지' 감사운동을 솔선수범하면서 주변 사람들에게 감사하는 습관을 자연스럽게 전파하는 한편, 많은 이들의 만류 속에서도 '감사나눔신문'을 창간하여 여러 기업체, 지자체, 학교, 군부대 등에서 감사나눔운동을 전개하고, 2022년 10월에는 법무부 교정본부와 업무협약을 체결하여 전국 55개 교도소에서 '만델라 프로젝트'를 추진하기도 하였던 김용환 대표님의 생애를 그를 사랑하는 사람들의 진심을 담아 이야기하고 있습니다.

대한민국 감사나눔운동의 창시자 감사나눔신문 김용환 대표님의 숭고한 감사나눔의 향기와 사랑을 담은 이 책이 더 많은 분들에게 감사나눔의 가치와 의미를 전달하여 기운찬 행복에너지가 대한민국 방방곡곡에 전파되기를 기원합니다.

## '행복에너지'의 해피 대한민국 프로젝트!
## 〈모교 책 보내기 운동〉

**대한민국의 뿌리, 대한민국의 미래 청소년·청년들에게 책을 보내주세요.**

많은 학교의 도서관이 가난해지고 있습니다. 그만큼 많은 학생들의 마음 또한 가난해지고 있습니다. 학교 도서관에는 색이 바래고 찢어진 책들이 나뒹굽니다. 더럽고 먼지만 앉은 책을 과연 누가 읽고 싶어 할까요? 게임과 스마트폰에 중독된 초·중고생들. 입시의 문턱 앞에서 문제집에만 매달리는 고등학생들. 험난한 취업 준비에 책 읽을 시간조차 없는 대학생들. 아무런 꿈도 없이 정해진 길을 따라서만 가는 젊은이들이 과연 대한민국을 이끌 수 있을까요?

한 권의 책은 한 사람의 인생을 바꾸는 힘을 가지고 있습니다. 한 사람의 인생이 바뀌면 한 나라의 국운이 바뀝니다. **저희 행복에너지에서는 베스트셀러와 각종 기관에서 우수도서로 선정된 도서를 중심으로 〈모교 책 보내기 운동〉을 펼치고 있습니다.** 대한민국의 미래, 젊은이들에게 좋은 책을 보내주십시오. 독자 여러분의 자랑스러운 모교에 보내진 한 권의 책은 더 크게 성장할 대한민국의 발판이 될 것입니다.

도서출판 행복에너지를 성원해주시는 독자 여러분의 많은 관심과 참여 부탁드리겠습니다.

도서출판 **행복에너지** 임직원 일동
문의 전화 010-3267-6277